11.3
雨ニモマケズ
風ニモマケズ
雪ニモ夏ノ暑サニモマケヌ
丈夫ナカラダヲモチ
慾ハナク
決シテ瞋ラズ
イツモシヅカニワラッテ
一日ニ玄米四合ト

宮澤賢治

雨ニモマケズという祈り

重松清　澤口たまみ
小松健一

とんぼの本

新潮社

目次

『銀河鉄道の夜』のモチーフになったといわれる「岩根橋」橋梁。JR釜石線の前身、岩手軽便鉄道時代からあった鉄橋を国鉄時代、1943年にコンクリート橋に改造した。手前は猿ヶ石川

撮影・小松健一

【特別エッセイ】サハリン紀行

雪の栄浜にて

重松清

宮澤賢治は大正十二（一九二三）年、日本領だった樺太（現ロシア・サハリン州）に向かっている。当時、教師をしていた花巻農学校の生徒の就職依頼のために企業を訪ねるのが公の目的だった。しかし、前年の終わり、結核のために二十四歳の若さで逝った最愛の妹トシの魂の行方を北の地に捜すことこそ賢治が胸のうちに秘めた願いだったという。作家・重松清氏が賢治の足跡を追い、五月とはいえ、まだ冬色のサハリンを訪れた。

栄浜駅跡に佇む重松氏(右)。樺太庁鉄道時代、製紙業の町・落合から鉄道最北端駅・栄浜へは栄浜線が走っていた。現在は廃線となり駅跡地には、コンクリートの柱とホームの残骸があるのみだ

『春と修羅』の中の「オホーツク挽歌」には、樺太行を題材に、5編の詩が収録されている。うち「鈴谷平原」は鈴谷岳(現・チェーホフ山)山麓の自然を描く。雪の山並の右端のピークがチェーホフ山だ

ドリンスクまでの列車内で、重松氏は寡黙に車窓を眺め、熱心に手帳に何か書き留めていた。賢治も常に手帳を持ち、鉛筆を動かしたという

右頁／ドリンスク駅(旧・落合駅)で。サハリンでも珍しいという5月の雪が身を凍えさせる。賢治はここで乗り換え、さらに北の栄浜へ向かった

上段右／賢治が訪れた旧・王子製紙の工場跡。上段左上／旧・樺太庁博物館（現・サハリン州立郷土博物館）。上段左下／ユジノサハリンスク駅（旧・豊原駅）前、レーニン広場。下段右／サハリンにも敬虔なロシア正教信者が多く、白壁の教会をよく目にする。下段左上／稚内からのフェリーは今もコルサコフ港（旧・大泊港）に着岸する。下段左下／街を行く人は欧州系とアジア系が入り混じる

サハリンは雪だった。二〇一一年五月二十二日、早朝――ホテルの窓から眺めるユジノサハリンスクの空は、どんよりとした雲に覆われ、ひらひらと小雪が舞い降りていた。肌寒さに目が覚めたのだ。空気が乾いているせいか、喉も痛い。梅雨入り前の東京は蒸し暑い日がつづいていたが、空路わずか二時間ほどの距離でも、かつて日本の最北端だったサハリン島の五月はまだ春の訪れすら遠い。

日本統治時代（一九〇五～四五年）には「樺太《からふと》」と呼ばれていたこの地を、宮澤賢治が訪れたのは、一九二三年八月三日だった。さいはての島の八月は、すでに去りゆく夏を見送る日々に差しかかっていただろう。

賢治はなぜ樺太を訪ねたのか。公的な理由としては、現地の製紙工場で働く学友に教え子の就職斡旋を頼むための旅である。だが、詩集『春と修羅』に収められた五編（「青森挽歌」「オホーツク挽歌」「樺太鉄道」「鈴谷平原」「噴火湾（ノクターン）」）に明らかなとおり、賢治は前年十一月に亡くなった最愛の妹トシ（とし子）の魂の行方を追い、魂と魂との交信を願って、海を渡ってきたのだった。

旅を描いた五編の詩はどれも豊かな色彩を持っているのだが、とりわけ印象深いのは海の緑《ろく》青《しょう》と、天の青――「オホーツク挽歌」では、こんなふうに描かれている。

〈それらの二つの青いいろは／どちらもとし子のもつてゐた特性だ／わたくしが樺太のひとのない海岸を／ひとり歩いたり疲れて睡つたりしてゐるとき／とし子はあの青いところのはてにゐて／なにをしてゐるのかわからない〉

賢治はその〈青いところのはて〉を探して旅をつづけた。稚内からの連絡船で大泊《おおどまり》（コルサコフ）に上陸し、樺太庁鉄道に乗って、豊原《とよはら》（ユジノサハリンスク）や落合（ドリンスク）をへて、終点の栄浜（スタロドゥプスコエ）まで、ただひたすら北を目指した。

きわめて内省的な旅である。他者を拒む、どこまでも純粋で孤独な旅でもあった。九十年近い歳月を隔てて足跡を追う者としては、せめて〈青いところのはて〉の存在をほのかにでも感

チェーホフ山(旧・鈴谷岳)登山口付近。足元のザゼンソウに遅い春の訪れを感じる。賢治が「鈴谷平原」と記したようになだらかな勾配が続く

じることができたなら……と願ってはいるのだが、ホテルの窓から眺める街並みには、色がほとんどない。花が咲いていないのだ。木々の梢も葉を落としたまま、北風に揺れている。賢治の詩とはあまりに対照的な鈍色《にびいろ》の風景である。

しかし、そのくすんだ暗い色は、僕にもう一つの風景を思い起こさせる。

サハリンに発つ数日前まで、三陸地方を歩いていた。東日本大震災の被災地をテレビドキュメンタリーの取材で回ったのだ。瓦礫の山には色彩がなかった。実際には粉々になった建材や家財道具にはそれぞれの色が付いているのだが、「瓦礫」と名付けられたとたん、震災前まで確かにそこにあったはずの生活の息づかいが絶えて、色も音も消えてしまう。しんとした静寂の中に沈み込む「生活のなきがら」となってしまうのだ。

キツい取材だった。肉体的にも、精神的にも。漁船が突き刺さった友人の家の前で、思わず落涙した。魚の腐乱臭と汚泥や重油のにおいが交じり合った異臭に頭がクラクラした。

リアス式海岸の複雑な地形ゆえだろうか、岬を一つ越えるだけで被害の度合いはまったく異なっていた。同じ集落でも津波の到達した地点を境に風景が一変する。生と死、明と暗、此岸と彼岸、その両者を分かつものは、結局のところ運不運でしかない。圧倒的な自然の猛威は、同時に、圧倒的な不条理や理不尽をも僕たちに突きつけたのだ。

取材の間、ずっと宮澤賢治のことを考えていた。『銀河鉄道の夜』にある〈みんなのほんたうのさいはひ〉という言葉が、頭の片隅から離れなかった。

賢治が生まれた一八九六年は明治三陸大津波と陸羽地震の年で、没年の一九三三年には昭和三陸大津波が起きた。樺太旅行の直後、一九二三年九月一日には関東大震災が起きている。さらに天候不順による凶作があり、日露戦争と第一次世界大戦があり、世界大恐慌があった。賢治の三十七年間の人生には、常に、無数のひとびとの悲しみが影を落としていたのだ。

『銀河鉄道の夜』には、こんな言葉もあった。

〈たゞいちばんのさいはひに至るためにいろいろのかなしみもみんなおぼしめしです〉

チェーホフ山を背景に立つ重松氏

もちろん、その諦念を震災の被災者に安易にあてはめるつもりはない。

それでも、賢治の足跡をたどる前に三陸の海岸を歩いたことで、僕自身の旅に一つの重石《おもし》が与えられた。氷点下の気温という予想外のサハリンの寒さもまた、今年の春に僕たちが味わった〈いろいろのかなしみ〉の記憶を、より鮮明によみがえらせてくれるのだった。

ユジノサハリンスクから列車でドリンスクへ向かった。ほぼ一時間の行程である。ドリンスクからスタロドゥプスコエまでの鉄道は廃止されてひさしい。栄浜駅の跡地にも、往時を偲ばせるものはなにもなかった。

もっとも、ユジノサハリンスクやドリンスク、翌二十三日に訪ねたコルサコフには、当時の建物がまだいくつも現存していた。それらを経《へ》巡《めぐ》ることも、賢治の旅の追体験には欠かせないものではあるだろう。だが、僕はこの短い紀行文で、まったくもってワガママに、海岸を歩く場面だけを描くことに決めた。あとわずかで、その目的地に着く。

それにしても寒い。とにかく寒い。車窓から眺めるユジノサハリンスク近郊の湿原には水芭蕉の白い花が群れ咲いていたが、列車が北上するにつれて、風景からは再び色が消えた。列車から車に乗り換えて、栄浜の海岸線を走る。雪は本降りになり、風も強くなる。舗装された道路からはずれた車はデコボコ道をしばらく走って、廃屋の陰で停まった。ドアを開けて外に出ると、凍てついた風が頬を刺した。目の前に海が広がる。オホーツクの海である。岸辺に氷のかたまりが打ち上げられていた。流氷だった。沖合に座礁した船が見える。もう何年、いや何十年も前からこうしているのか、船体は赤黒く錆び付き、朽ち果てて、ほとんど骨組みだけになっている。また三陸での記憶がよみがえる。津波で町に打ち上げられた数えきれないほどの漁船は、いつの日か海へ帰れるのだろうか……。

賢治は樺太への旅のさなか、トシの死を悼む自らを戒める言葉を繰り返している。

〈あいつがなくなつてからあとのよるひる／わたくしはただの一どたりと／あいつだけがいいとこに行けばいいと／さういのりはしなかつたとおもひます〉（「青森挽歌」）

左頁／妹トシの魂との交信、『銀河鉄道の夜』の着想――栄浜の海岸には、流氷の小さな塊が流れ着いていた

〈わたくしがまだとし子のことを考へてゐると／なぜおまへはそんなにひとりばかりの妹を／悼んでゐるかと遠いひとびとの表情が言ひ／またわたくしのなかでいふ〉（「オホーツク挽歌」）

いかにも賢治らしい〈みんなのほんたうのさいはひ〉への思いである。

しかし、賢治は〈ああ何べん理智が教へても／私のさびしさはなほらない〉（「噴火湾（ノクターン）」）とも言う。自分自身のエゴを持て余し、揺れ動く。〈みんなのほんたうのさいはひ〉と〈私のさびしさ〉との間で、迷い、惑う。その煩悶もまた、いかにも賢治らしい。

そして、僕は詩と同じ緑青色をしたオホーツクの海を見つめて、思う。

宮澤賢治なら、この震災の被災者にどんな言葉を手向けるのだろう。直接の被災者だけでなく、それぞれの距離や立場で心に深い傷を負ってしまった一人ひとりに、賢治はどんな祈りを捧げるのだろう。大自然のもたらす理不尽と不条理に蹂躙されたうえに、原発事故という厄災まで抱え込んでしまったいま、宮澤賢治の読まれ方も変わろうとしている。僕にはそんな気がしてならないのだ。文学史の頁に貼り付けられていた言葉がゆっくりと天へと飛び立って、僕たちに降りそそぐ。それはきっとトシの臨終を彩った雪のように、〈あんなおそろしいみだれたそらから／このうつくしい雪がきたのだ〉（「永訣の朝」）と謳われることだろう。

オホーツクの海は静かだった。潮騒もほとんど聞こえない。鈍色の雲はあいかわらず厚く垂れ込めて、雪は降りつづく。トシの魂がいるはずの〈青いところのはて〉は、残念ながら見ることができなかった。けれど、〈そのまつくらな雲のなかに／とし子がかくされてゐるかもしれない〉（「噴火湾（ノクターン）」）――僕もそう信じていたい。

樺太の旅は挽歌の旅だった。トシの魂との再会は叶わなかったものの、旅を終えた賢治は〈みんなのほんたうのさいはひ〉を目指して、再び歩きだす。旅の終着点だった栄浜から始まる物語もある。『銀河鉄道の夜』がこの樺太旅行から着想された、という説を唱える研究者は数多いのだ。だとすれば、ここが銀河ステーション。砂浜にたたずんで水平線に目をやると、降りしきる雪のはるか彼方で、空はほんの少しだけ明るくなっていた。

ジョバンニはあゝと深く息しました。

「カムパネルラ、また僕たち二人きりになったねえ、どこまでもどこまでも一緒に行かう。僕はもうあのさそりのやうにほんたうにみんなの幸《さいはひ》のためならば僕のからだなんか百ぺん灼《や》いてもかまはない。」

「うん。僕だってさうだ。」カムパネルラの眼にはきれいな涙がうかんでゐました。

「けれどもほんたうのさいはひは一体何だらう。」ジョバンニが云ひました。

『銀河鉄道の夜』「九、ジョバンニの切符」より

小岩井農場付近の春子谷地湿原から岩手山上の満天の星空を撮影。すると偶然、北斗七星の柄杓の中を人工衛星が横切っていた。まるで銀河鉄道！

イーハトーブに生きて
——賢治の生涯

澤口たまみ

誰もが人生で一度は
めぐりあう作家——。
宮澤賢治はそんな作家の一人だろう。
あなたには「風の又三郎」
かもしれない。あるいは
「雨ニモマケズ」かもしれない。
ところが、生前、世に出た著作は
『春と修羅』『注文の多い料理店』の
たった二冊だった。
農村の未来を思い支え、
実直に生きようとした作家の
三十七年のあまりに短い
一生について。

生地・花巻の「宮沢賢治記念館」の入口に掲げられている、28歳のポートレート。鹿革の陣羽織を仕立て直したという上着を着ている。1924年、詩集『春と修羅』、童話集『注文の多い料理店』を刊行した年に撮影

記念館から花巻市を眺める。たゆたうように
流れる北上川は賢治作品には欠かせない風景。
学生時代を過ごした盛岡は川の上流にある

賢治が「イギリス海岸」と呼んだ花巻の北上川川岸。幼い頃に起きた、子供の溺死事故の衝撃的な記憶と、『銀河鉄道の夜』との関連が指摘されている

そのおきな
をとりをそなへ
草明き
北上ぎしにひとりすわれり

『歌稿』二一七

冷害や干ばつは東北の人々にとって脅威だ。賢治が育った岩手県花巻も例外ではなく、ところどころで餓死者の供養塔を目にした

現・花巻市豊沢町4丁目11番地の宮澤家に残る当時の門と蔵。家業の質屋兼古着商は賢治の代わりに弟・清六が継ぎ、金物商に商売替えされた

賢治が生まれた母方の実家(現・花巻市鍛治町115番地)に残る、賢治の産湯に使われた井戸。母・イチは19歳で賢治を出産した

5歳の賢治と2歳離れた妹のトシ。唯一人、兄に従い法華経へ改宗し、よき理解者だったトシの死は、賢治の作品にも大きく影響した

1 「石こ賢さん」と呼ばれた幼少期

明治二十九（一八九六）年、岩手県を大津波が襲った年の八月二十七日、宮澤賢治は現在の花巻市で産声をあげた。父政次郎は二十二歳、母イチは十九歳。賢治は長男だった。のちに賢治を苦しめることになる質屋兼古着商の家業は、祖父喜助が始めたものだった。

当時の岩手県は、冷害や干ばつなどの影響を受け、たび重なる凶作と飢饉に見舞われていた。貧しさに苦しむ人が多かったが、幼い賢治は、そういった世のなかとは一線を画す裕福な環境で育てられた。賢治が二歳のとき、のちに最大の理解者となる妹トシが生まれ、五歳のときに次妹シゲが、八歳のとき弟の清六、十一歳のときに末妹クニが生まれる。

宮澤家は代々、浄土真宗を信仰していた。政次郎は、講師を招いて大沢温泉で仏教講習会を開くなど、リーダー的存在として熱心に活動した。長じて法華経を信仰するようになる賢治は、幼いころから日常的に仏教に親しんでいた。

花城《かじょう》尋常高等小学校三、四年生のときの担任、八木英三は、教室で「海に塩のあるわけ」など、さまざまな童話を読み聞かせた。賢治はのちに、「私の童話は先生のおかげです」と、感謝したという。

四年生になると、賢治は鉱物や昆虫の採集に熱中した。鉱物への興味は、五年生になっていよいよ高まり、呆れた家族からは「石こ賢さん」と呼ばれた。

仏教、文学、自然という、賢治の人生において重要な要素となるものは、おおよそ十歳までに培われていた。

明治四十二年、十三歳になる賢治は小学校を「全甲」の優秀な成績で卒業すると、四月に岩手県立盛岡中学校（現・岩手県立盛岡第一高等学校）に進学する。

賢治は父に連れられて寄宿舎「自彊《じきょう》寮」に入ったときのことを、「父よ父よなどて舎監の前にして大なる銀の時計を捲きし」と短歌にし、これ見よがしに大きな銀時計を巻く父の姿を嘆いている。このころの賢治は、すでに世のなかの状況を知り、貧しい人々を相手にして儲ける質屋という家業を、恥ずかしく思っていた。

盛岡中学への進学は、「商人に学問はいらない」とする祖父を父が説得し、代わりに「中学

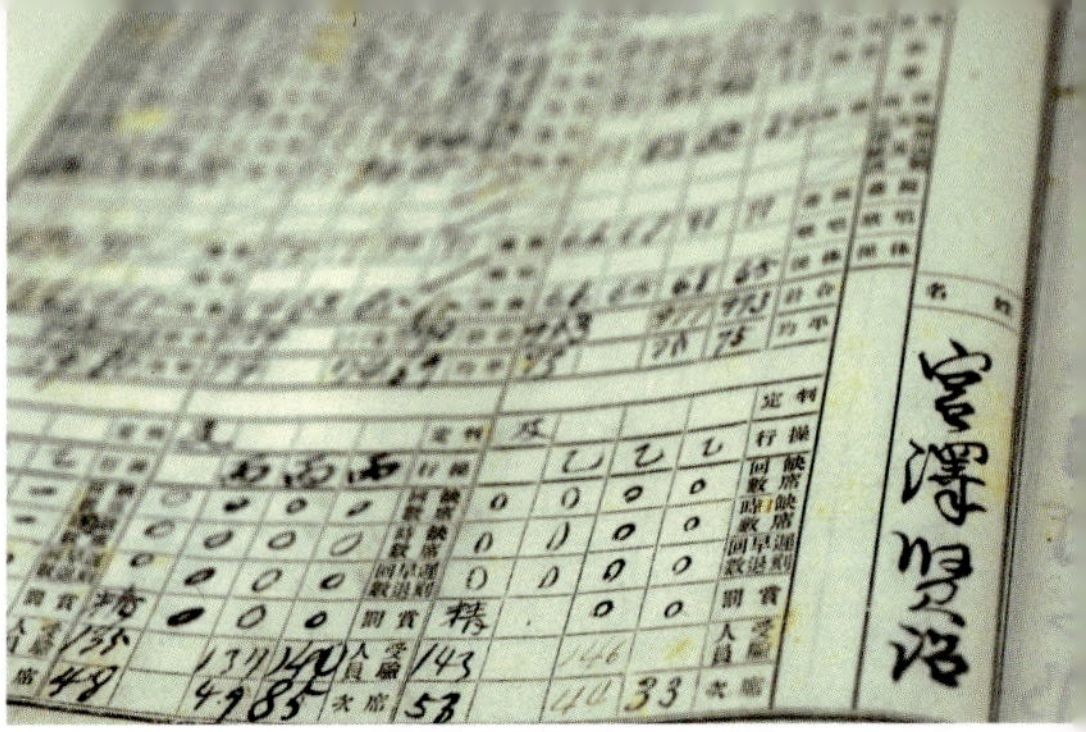

県立盛岡第一高等学校に保管されている旧・盛岡中学校時代の賢治の成績表。教師に反発し、進路に悩む賢治の成績は低迷した

を卒業したら家業を手伝う」との約束で、ようやく実現したものだった。進学の希望がないためか賢治は学業には不熱心で、もっぱら盛岡の郊外に広がる里山を歩きまわっては、鉱物採集に没頭した。

中学二年の六月には、学校で組織した「植物採集登山隊」約八十人の一員として、初めて岩手山に登った。賢治はたちまち雄大な自然に魅せられ、三か月後の九月には、引率一名、生徒十名ほどで、さっそく再登山をしている。賢治は、傍で見ているほうが気の毒になるほど運動が苦手だったが、登山のときの健脚ぶりは同級生を驚かせた。

同じく中学二年の十二月、盛岡中学の十年先輩である石川啄木が『一握の砂』を出版すると、賢治は翌一月から本格的に短歌の制作を始める。多感な十四歳の少年に、同郷の天才がどれほどの影響を与えたかは、想像に難くない。

中学四年の三学期には、寄宿舎で舎監の排斥運動が起こり、賢治はその首謀者と目された。その結果、四年、五年の全員が退寮処分となり、賢治はその後、盛岡市北山地区の清養院などの寺院に下宿するようになる。

こうした学校側への反発もあってか、五年生になって学業への意欲はいっそう低下し、大正三（一九一四）年三月、賢治は盛岡中学を八十八名中六十番の成績で卒業する。

この年の一月ごろから賢治は鼻炎に悩んでおり、卒業後の四月に岩手病院で手術を受けた。術後、高熱が下がらずチフスが疑われる。入院が長引き、看病していた政次郎も倒れ、枕を並べて入院する。「ぼろぼろに／赤き咽喉して／かなしくも／また病む父と／いさかふことか」。家業を嫌っていた賢治は、父との確執を深めてゆく。このとき十八歳の賢治は、若い看護婦に初恋をする。両親に結婚を願い出るほど思いつめていたが、賢治の片思いだった。五月半ばに退院し、花巻に戻って店番や母の養蚕の手伝いをするも、進学の希望や看護婦への思いを捨てきれず、悶々とした日々を送る。

秋、見かねた父が盛岡高等農林学校への進学を許し、賢治は人が変ったように受験勉強に励む。法華経に出会い、大きな感動を受けたのも、このころである。翌大正四年の一月からは、盛岡市北山地区の教浄寺に下宿し、「がんばる」を口癖に机に向かった。

盛岡中学校の10年先輩にあたる石川啄木が「不来方のお城」と詠んだ盛岡城跡。同郷の天才に影響を受け賢治も短歌を詠むようになる

明治44（1911）年に竣工された旧盛岡銀行本店（現・岩手銀行中ノ橋支店）は国の重要文化財。辰野金吾・葛西萬司の設計事務所による

南部鉄瓶の名産地・盛岡。今も中津川沿いには工房があり旅人の目を楽しませる。活気ある盛岡の街に移り、多感な10代を賢治は過ごした

父らと参加した花巻仏教会夏期講習会の開催地・大沢温泉。旅館と共に長逗留用の自炊部もあり、農家や三陸の遠洋漁業関係者などがいまも休暇で逗留する

喪神のしろいかがみが
薬師火口のいただきにかかり
日かげになつた火山礫堆《れきたい》の中腹から
畏るべくかなしむべき砕塊熔岩《ブロックレーバ》の黒
わたくしはさつきの柏や松の野原をよぎるときから
なにかあかるい曠原風の情調を
ばらばらにするやうなひどいけしきが
展かれるとはおもつてゐた
けれどもここは空気も深い淵になつてゐて
ごく強力な鬼神たちの棲みかだ
一ぴきの鳥さへも見えない

『春と修羅』「風景とオルゴール／鎔岩流」より

岩手山北東側山麓に広がる熔岩流。享保16（1731）年の噴火の際にできたもので「焼走り熔岩流」として国の特別天然記念物になっている

たよりになるのは
くらかけつづきの雪ばかり
野はらもはやしも
ぽしやぽしやしたり黝《くす》んだりして
すこしもあてにならないので
ほんたうにそんな酵母《かうぼ》のふうの
朧《おぼ》ろなふぶきですけれども
ほのかなのぞみを送るのは
くらかけ山の雪ばかり
（ひとつの古風《こふう》な信仰です）
『春と修羅』「春と修羅／くらかけの雪」

岩手山に寄り添うように聳える小ぶりな鞍掛山（写真奥）。登山口にある相の沢キャンプ場内に「くらかけの雪」の詩碑が建っている

岩手大学構内に残る盛岡高等農林学校本館(重要文化財)。現在は「農業教育資料館」として使われている。大正元(1912)年の建築

上/盛岡中学校4年生の時、寄宿舎「自彊寮」の退寮を命じられた賢治が下宿先にした盛岡市・清養院。のちに徳玄寺にも下宿している
右/高等農林時代に賢治が幾度か座禅に臨んだ盛岡市・報恩寺。賢治のみならず、啄木も好んだ寺で、五百羅漢像でも知られる

あのイーハトーヴォのすきとほった風、夏でも底に冷たさをもつ青いそら、うつくしい森で飾られたモリーオ市、郊外のぎらぎらひかる草の波、

『ポラーノの広場』より

右頁／盛岡・北上川で。イーハトーブとは賢治の心象中に実在する、ドリームランドとしての「日本岩手県」だという。「そこでは、あらゆることが可能である。」と彼は書き残した

2 盛岡で謳歌した青春と病の影

大正四（一九一五）年の四月六日、賢治は盛岡高等農林学校（現・岩手大学農学部）の農学科第二部（のちに農芸化学科）に入学し、寄宿舎「自啓寮」に入る。この学校は、東北の農業が冷害により危機的な状況に陥っていることを背景に、明治三十六（一九〇三）年、日本で最初の官立農林学校として開校したものである。

父が、「ここなら賢治に向いている」と判断しただけあって、高等農林での賢治は、水を得た魚のようだった。賢治はここで、幼いころから培ってきた自然や鉱物についての知識や経験が、農業や社会のために役立てられることを学んだのである。

大正五年、二年生に進級した二十歳の賢治は、寮で同室となった新入生の保阪嘉内《かない》と親しくなる。四月二十二日、賢治はさっそく、石川啄木が好きだという保阪を盛岡中学のバルコンに案内している。五月二十日には寮の懇親会があり、賢治と同室のメンバーは、保阪の書いた脚本で、演劇「人間のもだえ」を上演している。

大正六年の四月、弟の清六が盛岡中学に入学する。三年生になった賢治は寮を出て、弟や従兄たち二人と市内で下宿生活を送るようになる。下宿のあった下の橋かいわいで、盛岡の伝統行事であるチャグチャグ馬コを見て、「下の橋、ちゃんがちゃがうまこ　見さ出はた／みんなのなかに　おとゝもまざり」などの短歌を詠んだ。

この年の七月、保阪を含む有志四人で、同人雑誌『アザリア』を発行する。賢治は一号に短歌「ちゃんがちゃがうまこ」八首などを掲載したほか、その後の号にも意欲的に作品を発表してゆく。『アザリア』の仲間、ことに保阪とは、ともに岩手山などの野山を歩き、夜空を飽かず眺めたりして、友情を深めた。

大正10年1月23日、賢治は家族に無断で上京を決行。当時働いていた本郷・東大赤門前の軽印刷所・文信社跡に今は「大学堂メガネ」店が建つ（左の建物）

上野・不忍池。上京中、国柱会に出入りし「法華文学」を志した賢治は童話の執筆を始める。時には上野公園などに出て布教活動もした

大正七年の三月、保阪がいきなり学籍から除名処分になる。学校側からは何も発表されていないが、『アザリア』五号に掲載した文章が過激だったため、とされている。

いっぽう賢治は卒業を控え、進路をめぐる父との対立が再燃していた。が、このときは徴兵延期を望んだ父の意向もあって、研究生として学校に残り、稗貫郡《ひえぬき》の土性調査に携わることになる。もっとも賢治は、この年の四月二十六日に花巻に戻り、数日後に徴兵検査を受けている。結果は「第二乙種」、すなわち「体格不良」のため兵役免除となる。

それはひとつの予兆であった。六月、賢治は胃のあたりに痛みを覚えて岩手病院を受診し、結核の初期症状である肋膜炎と診断される。療養のため花巻に戻ることになった賢治は、『アザリア』同人の河本義行に「私のいのちもあと十五年もあるまい」と言い残し、この予言は奇しくも的中することになる。結局、賢治は教授に退学を申し入れ、九月で調査を終える。

病が影を落としたのは、賢治だけではなかった。十二月二十日、日本女子大学校に在学していた妹トシが発熱して入院。知らせを受けた賢

上／賢治が在京の頃、国柱会本部があった場所（現・台東区根岸1丁目）。東京に着いてすぐ国柱会理事・高知尾智耀との面会を果たした
下／東京での下宿先とした本郷菊坂町の民家は、同じ持ち主のまま新築されていた。写真手前から2軒目の2階に賢治は住んだ

治と母イチは二十六日に東京に駆けつけ、雑司が谷の雲台館に泊まりながら看病に当たる。明けて大正八年の一月半ばに母が花巻に帰ったあとも、賢治は東京に残り、トシの看病をしつつ図書館などに通った。このころ賢治は、人造宝石の製造販売を仕事にしようと思いつき、父への手紙にその旨を記している。

三月、病の癒えたトシとともに花巻に帰り、以後、家業の店番などをして過ごす。鬱々とした暮らしのなかで法華経への傾倒は加速してゆき、大正九年になると親友の保阪に、入信を勧める手紙を執拗なまでの熱心さで出すようになる。

大正九年の秋ごろからは、お題目を唱えて花巻の町を歩くようになり、十二月には、日蓮主義の在家仏教団体である国柱会に入会する。と同時に父にも改宗を迫るようになり、二人の激しい宗教論争は、トシの病で沈んでいた家のなかを、いっそう暗いものにした。

大正十年の一月二十三日、賢治はにわかに思い立って上京。本郷菊坂町に下宿し、東大赤門前の印刷出版社・文信社でガリ版切りなどをしながら、国柱会での奉仕活動に励む。二月、国柱会理事の高知《たかち》尾《お》智《ち》耀《よう》の勧めにより「法華文学」の創作を志し、童話の執筆を始める。

この年の七月、軍隊に入っていた保阪が東京の兵舎に入営となり、十八日、二人は三年ぶりの再会を果たす。ただし、この日は保阪とも激烈な宗教論争となったらしく、二人は決裂し、その後も手紙のやりとりはあったものの、二度と会うことはなかった。

八月中旬、妹トシが喀血し、「スグカエレ」との電報が届く。賢治は大きなトランクいっぱいに原稿を詰め、花巻へと戻る。

【コラム】

「銀河」を互いの胸に秘め
——賢治の心の友・保阪嘉内

小松健一

保阪嘉内と賢治は、盛岡高等農林学校で運命的な出会いを果たし、青春の輝く時を共に過ごした。のみならず、退学処分となった嘉内が故郷に帰ってからも、二人の間では頻繁に書簡のやりとりが続き、農村のために己の進むべき道について親身に相談しあう関係が続く。しかし、宗教熱がピークに達し、執拗に入信を迫る賢治と一定の理解はしつつもそれを受け入れなかった嘉内との間には、深い溝が生じてしまうが……。賢治の作品に濃く影を落とす嘉内の故郷・韮崎で、保阪家に残る賢治直筆の手紙や嘉内自身のスケッチなどの遺品から、生涯にわたる二人の固い友情の証を探った。

保阪嘉内　ほさか・かない

明治29（1896）年山梨県北巨摩郡駒井村（現・韮崎市）に生まれる。甲府中学卒業後、盛岡高等農林学校入学。寄宿舎で賢治と同室になり意気投合。共に同人誌『アザリア』創刊、演劇活動、岩手山登山などに興じる。3年に進級の時、同校を突然除名放校処分となる。帰郷し農業従事、応召、新聞記者などを経て昭和12（1937）年逝去

宮澤賢治が盛岡高等農林学校（現・岩手大学農学部）の一学年後輩の親友・保阪嘉内に宛てた手紙七十三通の現物を初めて目にしたのは、いまから十五年前。賢治生誕百年の年であった。

　嘉内の生家のある山梨県韮崎市を、その年に二度訪れて以来、これまでに六度程訪れた。

　初めて訪問した時、僕は許しを得て保阪家で賢治の手紙を読んでは唸り、また読んでは溜め息をついた。明るい庭先で撮影もした。確か五時間程は賢治の肉筆に一人で向き合っていた記憶がある。

　嘉内は賢治の後を追うように四十一歳の若さで亡くなっているが、三人のお子さんたちは今もお元気だ。長男・善三さんは御歳八十六歳、次男・庸夫さんは八十四歳、長女・牧子さんは八十二歳で、みなさんかくしゃくとしている。

　この本のためのインタビューも快く受けていただいた。夕刻には、嘉内が好きでよく通っていたという創業百十七年の鰻屋「八嶋」に場所を移し、庸夫さんは諸焼酎をストレートで飲みながら父・嘉内のことをしみじみと語った。

　まず、嘉内の名前の由来について。奄美・沖縄地方で海の彼方にあると信じられている楽土「ニライカナイ」から、父・善作が名付けた。

　保阪家は嘉内の祖父、父も江戸時代から続く禊《みそぎ》教（神道の一種）の熱心な信者。「人には情け深く、善を尽す」ことを伝統的な家風としていた。

　当然、嘉内も子どもの頃からこの家風色濃い中で育っている。加えて中学生の頃からは「自然讃礼」「農村憧憬」の考えを持ちはじめた。

　また、少年期の明治三十九（一九〇六）年、同四十三年の二度、この地方を襲った記録的な水害を目の当たりにして、「荒れ果てた故郷の村々を美田で埋め尽すのだ」との決意を幼い頃からの周りの友だちに語っている。甲府中学校の弁論部に入ってからは、「花園農村」「美的百姓」「農村芸術論」などと題した演説を行ない、トルストイの作品への傾倒を深めていった。

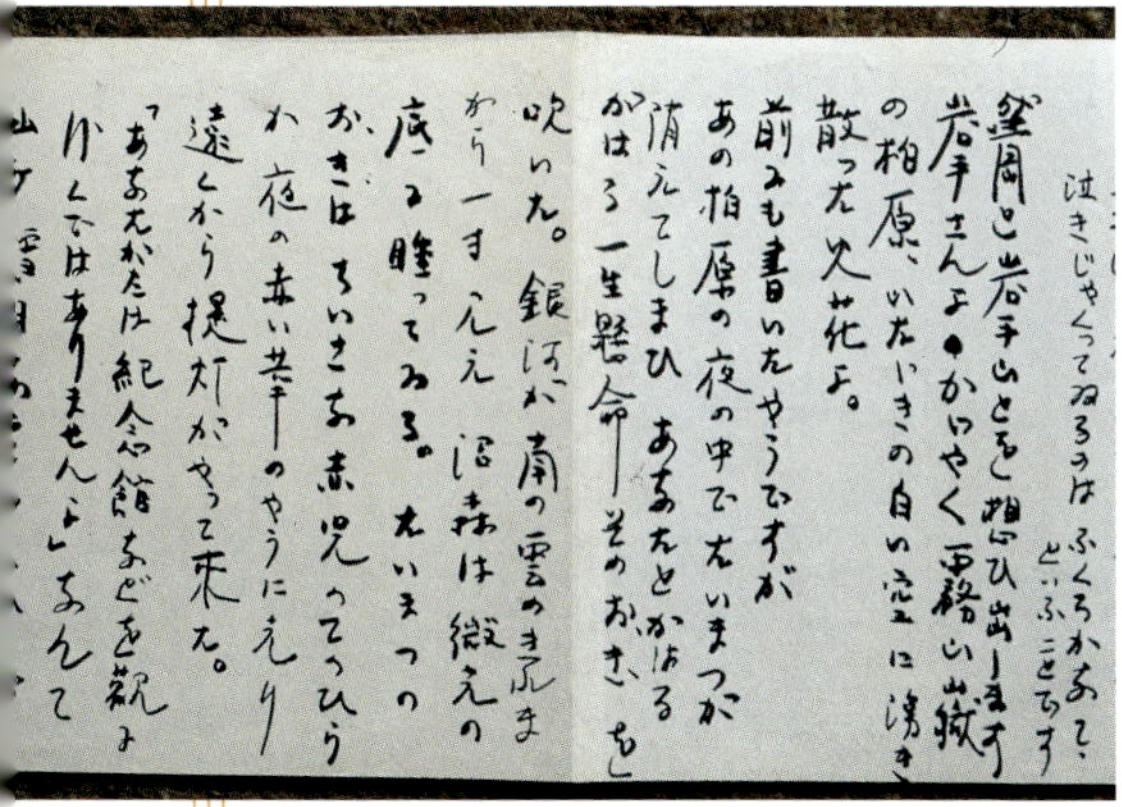
盛岡と岩手山とを想ひ出します
岩手山よ●かゞやく霧山嶽の柏原、いたゞきの白い空に湧き散った火花よ。
前にも書いたやうですがあの柏原の夜の中でたいまつが消えてしまひ　あなたとかはる一生懸命ーそのおきを吹いた。
銀河が南の雲のきれまから一すぢ見え　沼森は微えの底に睡ってゐる。
たいまつのおきはちいさな赤児のてのひらか庭の赤い茸のやうにえり
遠くから提灯がやって来た。
「あなたがたは紀念館などを観るんではありませんよ」なんて

右頁／高等農林2年生の賢治（左から3番目）と同じく1年生の保阪嘉内（手前で腹ばいになっている）。大正5年5月、構内の植物園で撮影
左／大正9年春、賢治から嘉内に宛てられた手紙の一部。星空の下、語り合った岩手山登山の思い出を懐かしそうに書き綴っている

　大正十二（一九二三）年九月一日に死者・行方不明者十四万二千人の犠牲を出した関東大震災が発生。嘉内はすぐに村の青年たちに呼びかけて大八車三台に米や麦などの支援物資を満載した。そして十二人の青年有志と共に夜通しかけて二日後には被災地に届けた、というエピソードを、「父の生き様のひとつの典型です」と庸夫さんは言うのだ。

　そんな嘉内と賢治は運命的な出会いを果たす。賢治が嘉内に送った現存する七十三通の手紙、嘉内が残した日記、スケッチ集、短歌などを照合していくと様々な事柄が浮かびあがってくる

のである。

その一つは、賢治の代表作のひとつ『風の又三郎』と嘉内についてである。嘉内が生まれ育った韮崎からは北に八ヶ岳連峰、西に南アルプスの山並を間近に眺める。冬季には「八ヶ岳嵐」と呼ばれる強風が吹き、「さぶぅい、めぇにち」(寒い毎日)が続くのである。

昔から八ヶ岳には風の神が住んでいるという信仰があり、山麓には「風の三郎社」という祠が祀られた。江戸時代の地誌『甲斐国志』には「風の三郎岳」の名前も見える。この山は八ヶ岳連峰の中程に位置する阿弥陀岳を指しているのだ。

嘉内は八ヶ岳を好んで幾度も登り、山麓を歩いてはスケッチをしていた。中学二年生の時、明治四十四（一九一一）年七月二十九日に、この「風の三郎社」の祠を二点、鉛筆でスケッチしている。

そして賢治の『風の又三郎』の初稿『風野又三郎』には、何と八ヶ岳や韮崎を囲むように流れる塩川と釜無川が合流してなる、富士川の風景が描かれているのだ。

「……甲州ではじめた時なんかね。はじめ僕が八ヶ岳の麓《ふもと》の野原でやすんでたらう。曇った日でねえ、……僕はもうまるで、汽車よりも早くなってゐた。下に富士川の白い帯を見てかけて行った。……」

高等農林寄宿舎「自啓寮」で同室となった二人は、互いに石川啄木やトルストイから影響を受けたことに共感し、交友を深めていた。こうした事実を見てみると、嘉内が親友・宮澤賢治に美しい故郷の山河のこと、そこに昔から伝承されてきた「風の三郎岳」や「風の三郎社」の祠のことなどを、自ら描いたスケッチを見せながら話していただろうと思えるのである。

もう一つも賢治の代表作である『銀河鉄道の夜』と嘉内の関わりである。これについて賢治研究家の間などでは、物語に登場するジョバンニとカムパネルラの二人の少年が、賢治と嘉内をモデルにしていると言われて久しいが、僕は、嘉内が中学一年の時に甲府市内から見て描いたスケッチ「ハーリー彗星之図」について触れたいと思う。

嘉内のスケッチブック。明治43(1900)年に地球に接近したハリー彗星を描き「夜行列車」のようと添えている

明治四十三（一九一〇）年五月二十日の「夕八刻」に嘉内が描いたというハリー彗星であるが、南アルプスを代表する甲斐駒ヶ岳、地蔵岳、観音岳、薬師岳の名山が描かれ、駒ヶ岳の上空に向かって彗星が光りながら飛ぶスケッチである。当時、社会的にも騒がれた大彗星は、多感な十四歳の目を通して長すぎる程の光の尾を引いて描かれた。余程印象的だったのだろう。

僕が注目したのは、このハリー彗星のスケッチの真ん中に記されている次の言葉である。「銀漢ヲ行ク彗星ハ夜行列車ノ様ニニテ　遥カ虚空ニ消エニケリ」。

右頁のスケッチブックに描かれた南アルプスを
韮崎市内から望む。右から甲斐駒ヶ岳、地蔵岳、
観音岳、薬師岳だ

ちなみに盛岡地方気象台の記録では、当日、賢治がいた盛岡地方は厚い雲におおわれていてハリー彗星を見ることはできなかった。

この貴重な体験のエピソードも当然、賢治を相手に熱く語られたことだろう。「本当に銀河を走る鉄道のように見えたんだ……」と。

賢治作品の中でも評価の高い『銀河鉄道の夜』の着想には、嘉内から聞いたこうした話も根底にあったのではないかと思うのだが、皆さんはどうであろうか。

賢治が最晩年、病床にあっても手元に原稿を置いて最後まで推敲を続けた作品のひとつが『銀河鉄道の夜』だったという。自らが深く信仰したひとつの宗教、そしてその宗派をもいま乗り越えていかなければならないということを、賢治は死を前にしてこの作品の中に託したかったのではないだろうか。そして嘉内と賢治、二人の交差する人生のキーワードは、「銀河」であった気がするのである。

最後に、嘉内と賢治は一時的に宗教上の理由により「訣別」したかのように見えたが、実は岩手山の満天の銀河の下で誓い合った「みんなの幸せのために生きる」という目的に向かって、生涯、同志として固い絆で結ばれていたということを僕なりに検証してみたい。

二人が国柱会への入信をめぐって論争し、決定的な食い違いが生じたのは大正十（一九二一）年七月。以後、確かにそれまで続いていた書簡のやりとりがこの年の十二月に出した封書をもってぱたりと途切れている。

2009年、韮崎市内で開催された保阪嘉内企画展「保阪嘉内の足跡とアザリアの仲間たち」で。嘉内の長男・善三さん（右）と次男・庸夫さん

そして賢治からの手紙として、保阪家に現存する最後のものは、大正十年のあの日から約四年を経た大正十四年六月二十五日消印で、花巻農学校から出された封書だ。嘉内が、同郷の佐藤さかゑと結婚し、本格的に故郷で営農に取り組み始めた時期である。この手紙には次のような賢治の澄んだ思いが綴られている。

「お手紙ありがたうございました
来春はわたくしも教師をやめて本当の百姓になって働らきます　いろいろな辛酸の中から青い蔬菜の毬やドロの木の閃きや何かを予期します　わたくしも盛岡の頃とはずゐぶん変ってゐます　あのころはすきとほる冷たい水精のやうな水の流ればかり考へてゐましたのにいまは苗代や草の生えた堰のうすら濁ったあたたかなたくさんの微生物のたのしく流れるそんな水に足をひたしたり腕をひたして水口を繕ったりすることをねがひます
お目にもかゝりたいのですがお互ひもう容易のことでなくなりました　童話の本さしあげましたでせうか」

賢治が花巻農学校退職の決意を、九ヵ月も前に嘉内に打ちあけた手紙である。こうした大事を真っ先に、まったく訣別した人に書き送るだろうか。手紙の冒頭や最後の文の行間からは、以前のような頻繁な手紙のやりとりはないにしても、無二の心の友としての信頼関係は崩れていないことの証が見てとれる。

　嘉内の息子たち、善三・庸夫兄弟にとって宮澤賢治という存在はどうであったのだろうか。賢治がなくなった時は九歳と七歳というから、それほどしっかりとした記憶はないであろう。しかし、嘉内が、二人の母である妻さかゑに度々、賢治のことを話していたのはよく覚えている。「ケンジさん、ケンジさんと父がいうので、てっきり偉い役人さんのことかと思いました」。幼い兄弟は髭でも生やした怖い「検事」のことだと思ったのである。

　また、兄・善三さんが肋膜炎にかかって四～五ヵ月間寝込んだ時に、賢治から見舞いの葉書が届き、嘉内が枕元で「みやざわけんじ、というお父さんの友だちからの手紙だよ」と言って読んで聞かせてくれたという。病気の兄への優しい言葉が綴られていた記憶が庸夫さんにはある。

　療養中の善三さんに、嘉内が賢治の童話を少し芝居がかった口調で読んでくれたこともあった。庸夫さんは子ども心に「アンちゃんはいいなあ～」とうらやましかったという。

嘉内の故郷から眺める八ヶ岳。連峰の中央辺りが「風の三郎岳」の阿弥陀岳。山麓には「風の三郎社」が祀られている

　庸夫さんの幼い記憶の中に、嘉内が日本青年協会に勤務するため一家で移り住んだ東京の家に、賢治が突然訪ねてきたが、嘉内は地方に出張中で留守だった――という場面がある。「賢治さんは着物姿だったような気がする……」と言って庸夫さんは遠い目をした。

　もしその記憶が正しければ、賢治が東北砕石工場技師嘱託として宣伝・販売の見本を持って最後の上京をし、神田駿河台の旅館に投宿した昭和六（一九三一）年九月二十日から二十七日までの間のことだろう。

　しかし賢治はこの時に高熱で倒れ、父母、弟妹宛に遺書を認めた程であったから、果して嘉内の家を訪ねることができたか……。

　庸夫さんは「賢治さんに対する気持ちは、父に対する思いとまったく同じ。この歳になっても二人がダブってしまう」と語る。昭和六年当時、四歳だった庸夫さんにすれば、おぼろげな記憶の中に、父・嘉内に対するのと同じ賢治への憧憬が、重ね合わさって追憶されていたのかもしれない――。

合掌

少し行くと一けんの藁《わら》やねの家があって、その前に小さなたばこ畑がありました。たばこの木はもう下の方の葉をつんであるので、その青い茎が林のやうにきれいにならんでいかにも面白さうでした。

すると又三郎はいきなり、

「何だい、此《こ》の葉は。」と云ひながら葉を一枚むしって一郎に見せました。

『風の又三郎』より

『風の又三郎』の舞台とされる大迫（おおはさま）町（現・花巻市）で。この地方は昔から「南部葉」という葉タバコの栽培が盛んだった

花巻市大迫町沢崎で。『風の又三郎』の舞台には遠野市や奥州市も名乗りを上げているが東北の風景はどこでも又三郎が出てきそうだ

春のヴァンダイクブラウン
きれいにはたけは耕耘された
雲はけふも白金《はくきん》と白金黒《はくきんこく》
『春と修羅』「小岩井農場」より（以下同）

小岩井農場の四季

宮澤賢治が愛した岩手・小岩井農場の
季節の表情を詩の一節と共に

春

賢治が書いたとおり、きれいに耕された春の畑と雪残る岩手山。生命の息吹が満ちている。東北の春はめまぐるしく進む

（こやし入れだのすか
堆肥《たいひ》ご過燐酸《くわりんさん》ごすか）
（あんさうす）
（ずゐぶん気持のいゝ処《どこ》だもな）
（ふう）

家畜の病気が騒がれた近年は、小岩井農場でも牛の近くまで来訪者が入れる機会は少ない。夏の岩手山も雄大な絶景

夏

くろいイムバネスがやつてきて
本部へはこれでいいんですかと
遠くからことばの浮標《ブイ》をなげつけた

『春と修羅』に収められた「小岩井農場」は、駅に降り立った賢治が道案内をするかのごとく、読者を農場へと誘う長編詩だ

秋

けれどもあの調子はづれのセレナーデが
風やときどきぱつとたつ雪と
どんなによくつりあつてゐたことか

冬

夏の緑が嘘のように、見渡す限りの雪原と化す冬の農場。雪と寒さをじっと耐え抜き、春の気配に耳を澄ませているようだ

夏休みの十五日の農場実習の間に、私どもがイギリス海岸とあだ名をつけて、二日か三日ごと、仕事が一きりつくたびに、よく遊びに行った処《ところ》がありました。

それは本たうは海岸ではなくて、いかにも海岸の風をした川の岸です。北上川《きたかみ》の西岸でした。

『イギリス海岸』冒頭

右頁／賢治が「イギリス海岸」と呼んだ北上川の岸辺。雨の少ない年だけ白く露出する泥岩層は、上流にダムができて最近は見られなくなった（花巻市内）

3 友と生徒と音楽と——教師時代

大正十（一九二一）年十二月三日、二十五歳の賢治は稗貫《ひえぬき》郡立稗貫農学校（大正十二年に花巻農学校となる）に教師として就職する。月給は八十円、教科は代数、化学、英語など一般科目のほか、土壌、肥料、作物、気象、水田実習など専門科目を受け持った。

隣接する花巻女学校には、音楽教師、藤原嘉藤治が九月に着任していた。賢治のほうから声をかけ、二人はともにクラシック・レコードを聴くなどして意気投合。このころから賢治の音楽熱が高まってゆく。賢治の人生に、仏教、文学、自然、そして高等農林で学んだ農業に加え、音楽という要素が加わったのは、嘉藤治との出会いによるところが大きい。

何ごとにも熱しやすい賢治は、一時は給料のほとんどをつぎ込んで、大量のレコードを購入するようになる。特に好んだのは、ベートーベンだった。蓄音機も、ラッパが本体に内蔵されて箱型になっている、当時としては最新式の高価なものを買い求めた。

当時、賢治は雑誌『愛国婦人』に童話「雪渡り」を投稿しており、それが大正十年十二月号と十一年一月号に、二回にわたって分載された。その原稿料五円は、賢治が生前に手にした唯一の原稿料となる。

また、賢治はせっかく集めたレコードを多くの人に聴いてもらおうと考え、嘉藤治と二人でレコードコンサートを企画する。土曜日の午後、主な会場となった花巻女学校の音楽室には、音楽を愛する男女二十人ほどが集まった。そこではいくつかの恋が生まれ、賢治も花城小学校で代用教員をしていた大畠ヤス［104頁］という女性とめぐり合う。と同時に、自ら「心象スケッチ」と呼び、のちに『春と修羅』として出版される詩を書くようになる。

よく鉱物採集をした賢治が、大正14年、「イギリス海岸」で発見した新第三紀鮮新世（約360万～255万年前）に繁殖したバタグルミの化石と蛇紋岩

岩手県立花巻農業高校の敷地には、校歌がなかった花巻農学校のために賢治が作詞した「精神歌」の石碑が建つ

賢治の性格からは、少し前までの暗さや激しさが影をひそめ、穏やかで明るい面が表に出るようになった。保阪との決別以来、人前で法華経の話をしたり、強く入信を勧めたりすることは、ほとんどしなくなっていた。

賢治の授業は、めりはりがあって分かりやすく、終わりの十分間には、自作の童話を読んだり、雑談をしたりする。農学校には校歌がなかったので、賢治が作詞をし、バイオリンをたしなむ高等農林時代の友人、川村悟郎に作曲を依頼して、「精神歌」を作った。賢治は農業について、自然を相手にする尊い仕事だと、生徒たちにくり返し説いていた。

大正十一年の十一月二十七日、結核に苦しんでいた妹トシが、ついに永眠する。トシは、家族のなかでただ一人、賢治の勧めに従って法華経に改宗していた。賢治の悲しみは深く、そのなかで、多くの人の心をとらえてやまない「永訣の朝」などの詩が紡がれた。

大畠ヤスとの関係は、ここまで密かに進展していたが、トシの死をきっかけに、破局へと向かう。大正十二年の五月、賢治は岩手毎日新聞に、ヤスとの恋の顛末を童話化した「シグナルとシグナレス」を、十一回にわたる分載という形で発表する。

同じく大正十二年の五月、稗貫農学校は花巻農学校となり、郊外へと移転している。その記念行事で、賢治は自作の劇「植物医師」などを、生徒たちと上演した。

さらにこの年の七月三十一日から八月十二日まで、賢治は生徒に就職を斡旋するため、北海道を経由して樺太を旅している。死後の世界に興味を持っていた賢治にとって、この旅行は、北の果てにトシの魂の行方を追うという側面もあった。

大正十三年四月二十日、『心象スケッチ　春と修羅』を出版。発行所は東京の関根書店となっているが、これは全国へ配本することを考えて賢治が依頼したもので、実際には自費出版だった。『春と修羅』の出版を機に、詩人・草野心平などとの親交が生まれる。

また、同年十二月一日には『イーハトヴ童話

大正14年、花巻農学校の教壇に立つ賢治(29歳)。黒板には北上平野一帯の断面図が描かれている

宮澤家に残っていた、生前に刊行された『心象スケッチ　春と修羅』(大正13年4月)と『イーハトヴ童話　注文の多い料理店』(大正13年12月)

注文の多い料理店』が出版された。こちらは高等農林の後輩である及川四郎の出資によって実現した。賢治と及川が相談して出版社名を「光原社」としたが、印刷を東京で行ったため、奥付の発売元には「東京光原社」と記載した。及川はその後も光原社の名で商売を続け、盛岡市には今も工芸品などを扱う店がある。

大正十四年四月十三日、賢治は教え子への手紙のなかで、「多分は来春はやめてもう本当の百姓になります」と書いている。このころの賢治は、生徒たちの家庭環境から農村の疲弊を肌で感じ、ひどく心を痛めていた。「卒業したら勤め人になるな。家に戻って農業をやれ」と教えていたこともあり、自らも土を耕して生きる決心を固めてゆく。

大正十五年三月三十一日、三十歳を目前にした賢治は花巻農学校を依願退職する。

最も自分を理解してくれた妹トシの死は、賢治を深い悲しみの中へ突き落とす。臨終に際しての心境を詩「永訣の朝」に残した。花巻で

けふのうちに
とほくへいつてしまふわたくしのいもうとよ
みぞれがふつておもてはへんにあかるいのだ
（あめゆじゆとてちてけんじや）
うすあかくいつそう陰惨《いんさん》な雲から
みぞれはびちよびちよふつてくる

『春と修羅』「無声慟哭／永訣の朝」より

雪や雑木にあさひがふり
丘のはざまのいっぽん町は
あさましいまで光ってゐる
そのうしろにはのっそり白い五輪峠
五輪峠のいたゞきで
鉛の雲が湧きまた翔け
南につゞく種山ヶ原のなだらは
渦巻くひかりの霧でいっぱい
つめたい風の合間から
ひばりの声も聞えてくるし
やどり木のまりには艸いろのもあって
その梢から落ちるやうに飛ぶ鳥もある

『春と修羅　第二集』「一八　人首町」

人首(ひとかべ)町(現・奥州市江刺区米里)に、賢治は大正6年と13年の二回、地質調査などで訪れた。五輪峠へと続く街道には端正な町並みが残る

二人の若い紳士が、すつかりイギリスの兵隊のかたちをして、ぴか〱する鉄砲をかついで、白熊《しろくま》のやうな犬を二疋《ひき》つれて、だいぶ山奥の、木の葉のかさ〱したところを、こんなことを云《い》ひながら、あるいてをりました。

『注文の多い料理店』「注文の多い料理店」冒頭

『風の又三郎』の舞台とされる大迫町にある猫山（標高約920メートル）。北上高地最高峰の早池峰山麓にある山だ

鹿（しし）踊りを舞う花巻市湯本の人々。鹿踊りは、鹿の頭を模した頭飾り、きらびやかな衣装で舞われる岩手南部や宮城に伝承される民俗芸能だ

そのとき西のぎらぎらのちぢれた雲のあひだから、夕陽《ゆふひ》は赤くなゝめに苔《こけ》の野原に注ぎ、すすきはみんな白い火のやうにゆれて光りました。わたくしが疲れてそこに睡《ねむ》りますと、ざあざあ吹いてゐた風が、だんだん人のことばにきこえ、やがてそれは、いま北上《きたかみ》の山の方や、野原に行はれてゐた鹿踊《ししをど》りの、ほんたうの精神を語りました。

『注文の多い料理店』「鹿踊《ししをど》りのはじまり」冒頭

羅須地人協会の建物は、岩手県立花巻農業高校敷地内に移築されている（写真奥の建物）。同校の前身が賢治が教えた花巻農学校。生徒たちが鹿踊りの練習をしていた

大正15年に賢治が羅須地人協会とした宮澤家別邸があった花巻・下根子桜からの景色。賢治はこの一帯を開墾して農業を始めた

右／賢治が留守を知らせた黒板は今も健在
上／建物内部。地元の青年たちを集めて各種の集会を行ない、近所の子供たちに童話の読み聞かせなどもした

賢治が愛用したセロ（宮沢賢治記念館蔵）。オルガンやセロはわざわざ上京して習うほど熱中していた。ゴーシュのように夜っぴて練習に励んだのだろう

ゴーシュは町の活動写真館でセロを弾《ひ》く係りでした。けれどもあんまり上手でないといふ評判でした。上手でないどころではなく実は仲間の楽手のなかではいちばん下手でしたから、いつでも楽長にいぢめられるのでした。

『セロ弾きのゴーシュ』冒頭

4 羅須地人協会の設立 そして終焉の時

大正十五（一九二六）年四月一日、賢治は花巻・下根子桜《しもねこさくら》の、かつては妹トシも療養していた宮澤家の別宅で、北上川べりの土地を開墾しながら独居自炊の生活を始める。

同年五月、実家は質屋兼古着商をやめ、弟の清六が中心となって、建築材料の卸小売などを行う宮澤商店を開業する。賢治は大いに喜んだ。

このころ「世界がぜんたい幸福にならないうちは個人の幸福はあり得ない」という有名な言葉が含まれた「農民芸術概論綱要」が書かれた。

八月二十三日、賢治は三十歳の誕生日を前に、「羅須地人協会《らすちじんきょうかい》」を設立する。教え子たちを中心に二十名あまりが集った。農業についての勉強会はもちろん、レコードコンサートや楽器の練習会を開催して、協会員によるオーケストラを結成するなど、さまざまな活動をした。

十二月二日から年末にかけて、賢治はセロを習うために上京、あわせてオルガン、エスペラント語を習う。十八日には、賢治の死後も宮澤家と交際を続け、戦中から花巻に疎開することになる高村光太郎を、千駄木に訪ねている。

賢治が留守の間も羅須地人協会には若者が集まっていた。講義は翌昭和二（一九二七）年の一月十日から再開され、二月一日にはその活動が岩手日報紙上に紹介された。皮肉にもその記事が治安当局の目に留まり、花巻警察の取調べを受け、賢治はオーケストラを解散、集会も不定期とする。

同じく昭和二年、賢治は農家の求めに応じて精力的に肥料設計（土壌に合った肥料を選び、その量と配合の見積計算をすること）を行い、六月末までに相談数は二千件を超えた。指導した農家に対し、賢治は強い責任を感じ、豪雨のときなどは、家々をまわって田んぼの無事を祈った。もしものことがあれば、弁償する覚悟もあった。

弁償すると言っても、このころの賢治は実家からの援助も断わり、金銭的な余裕はなかった。収入を得るため、花巻温泉遊園地の花壇設計も手がけるが、森を削って作られるものが歓楽街であるため、賢治は少なからず抵抗感を抱いた。

また、羅須地人協会を設立すると、小学校で教師をしている高瀬露という女性が協会員となり、しばしば訪ねてきては買い物を手伝ったりするようになった。賢治ははじめ、この女性を好意的に見ていたが、のちに噂を恐れ、頑としてこれを拒むようになる。

右／岩手県の一関にある東北砕石工場での写真（右から二人目が賢治）。昭和6年に請われて嘱託技師となった
下／稗貫農学校時代の教え子で秋田県鹿角市で写真店を営んでいた高橋忠治が撮影した、嘱託技師当時の賢治

昭和三（一九二八）年も、肥料設計は精力的に行われた。思えば羅須地人協会の活動は、質屋という家業から、貧しい人々への負い目を抱き続けてきた賢治にとって、必然的なものだった。

昭和三年の六月には、伊豆大島で農芸学校を設立しようとする胆沢《たんざわ》郡水沢町（現在の奥州市）出身の伊藤七雄の依頼に応じて、はるばる大島まで出かけている。賢治がそのことを知っていたかどうかは不明だが、伊藤家側では、七雄の妹、チヱとの見合いの意図もあった。花巻に帰ってから、賢治は嘉藤治に「結婚するなら、あの女性だな」と漏らした。兄を助けて土を耕し、健康的なチヱに対しては、久しぶりに恋のときめきを覚えた。

しかし、大島から帰って二か月のちの八月、賢治はとうとう発熱し、花巻病院で結核による両側肺浸潤と診断される。以後、実家に戻り、療養を余儀なくされる。

昭和四年、賢治は病床で、自身の人生をふり返りつつ、文語詩を詠み始める。この年の春ごろ、東磐井《ひがしいわい》郡（現在の一関市）にある東北砕石工場の鈴木東蔵より訪問を受け、酸性土壌の改良剤としての石灰粉末の販売について、熱心に相談に乗るようになる。

鈴木とのやりとりは、昭和五年も病を押して続けられ、わずかに病の癒えた昭和六年の二月、賢治は東北砕石工場の嘱託技師となり、石灰粉末の宣伝、販売に奔走するようになる。が、昭和六年九月二十日、賢治は重い商品見本を携えて上京した神田駿河台の八幡館で発熱、翌日には死を覚悟して、父母、弟妹への遺言をしたた

賢治の父の斡旋で高村光太郎は、この花巻市郊外にある旧山口小学校の裏手の山小屋で7年間、独居自炊生活を送った

める。二十七日、「もう私も終わりと思います」と父に電話をし、翌日、花巻に連れ戻される。

この年は夏の低温、多雨により凶作。賢治は、こよなく愛し続けた自然の持つ、過酷な一面に改めて打ちのめされ、それに立ち向かうだけの体力が、自らには残されていないことを深く嘆いた。十一月三日、使用していた黒革の手帳に、「雨ニモマケズ／風ニモマケズ／雪ニモ夏ノ暑サニモマケヌ／丈夫ナカラダヲモチ（後略）」と記す［1頁］。

これ以降、病が癒えることはなく、賢治は病床で童話「グスコーブドリの伝記」を書いて『児童文学』誌に寄稿したり、大正十四年ごろから推敲をくり返していた童話「銀河鉄道の夜」に手を入れたりして過ごし、死のおよそ一か月前に文語詩の清書を終える。

昭和八年は豊作。賢治は九月十九日、鳥谷ヶ崎神社の秋祭りの神輿を玄関先で拝む。夜気に当たったせいか、翌二十日に肺炎を起こし、絶筆短歌二首を墨書、清六に原稿出版の希望を述べる。二十一日午後一時三十分、永眠。三十七年の生涯だった。

羅須地人協会の活動の傍ら、賢治は実収入を得るために花巻温泉遊園地の花壇設計を引き受けたこともある（「日時計花壇」。南斜花壇で）

五輪峠と名づけしは、　地輪水輪また火風、
（巌のむらと雪の松）　峠五つの故ならず。
ひかりうづまく黒の雲、　ほそぼそめぐる風のみち、
苔蒸す塔のかなたにて、　大野青々みぞれしぬ。

『文語詩稿　五十篇』「五輪峠」

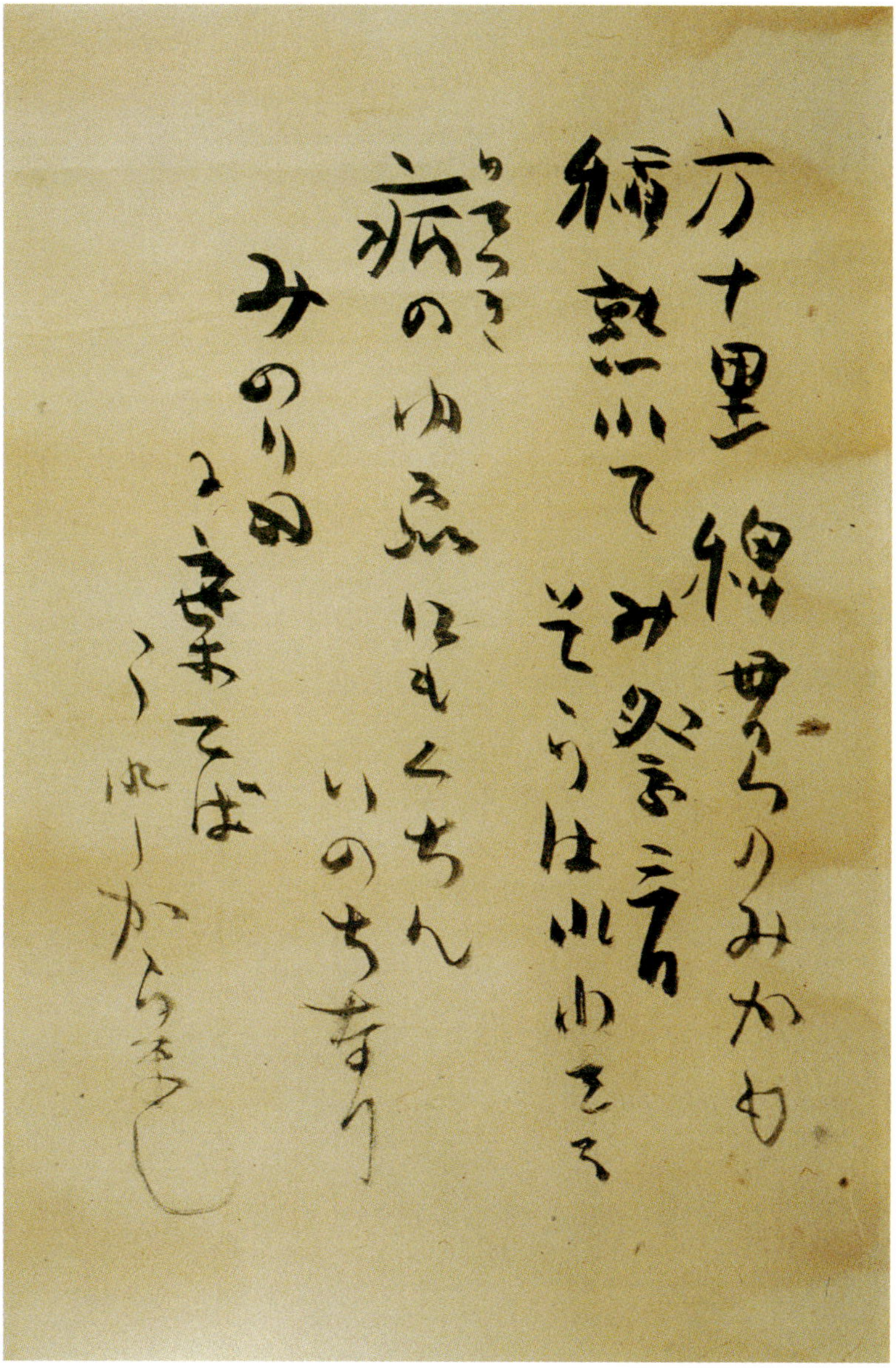

絶筆となった短歌二首。「方十里稗貫のみかも　稲熟れてみ祭三日そらは(晴)れわたる」「病(いたつき)のゆゑにもく(朽)ちん　いのちなり　みのりに棄てば　うれしからまし」(宮沢賢治記念館蔵)

右頁／花巻市、奥州市、遠野市の境に位置する五輪峠。ここも賢治がよく歩いた場所のひとつで、いくつかの詩に詠み込んでいる

盛岡市郊外にて。農村のため自らの命を差し出す研究者を描いた『グスコーブドリの伝記』は死の前年に発表された。主人公と賢治の姿がだぶる

「それはいけない。きみはまだ若いし、いまのきみの仕事に代れるものはさうはない。」
「私のやうなものは、これから沢山できます。私よりもつともつと何でもできる人が、私よりもつと立派にもつと美しく、仕事をしたり笑つたりして行くのですから。」

『グスコーブドリの伝記』より

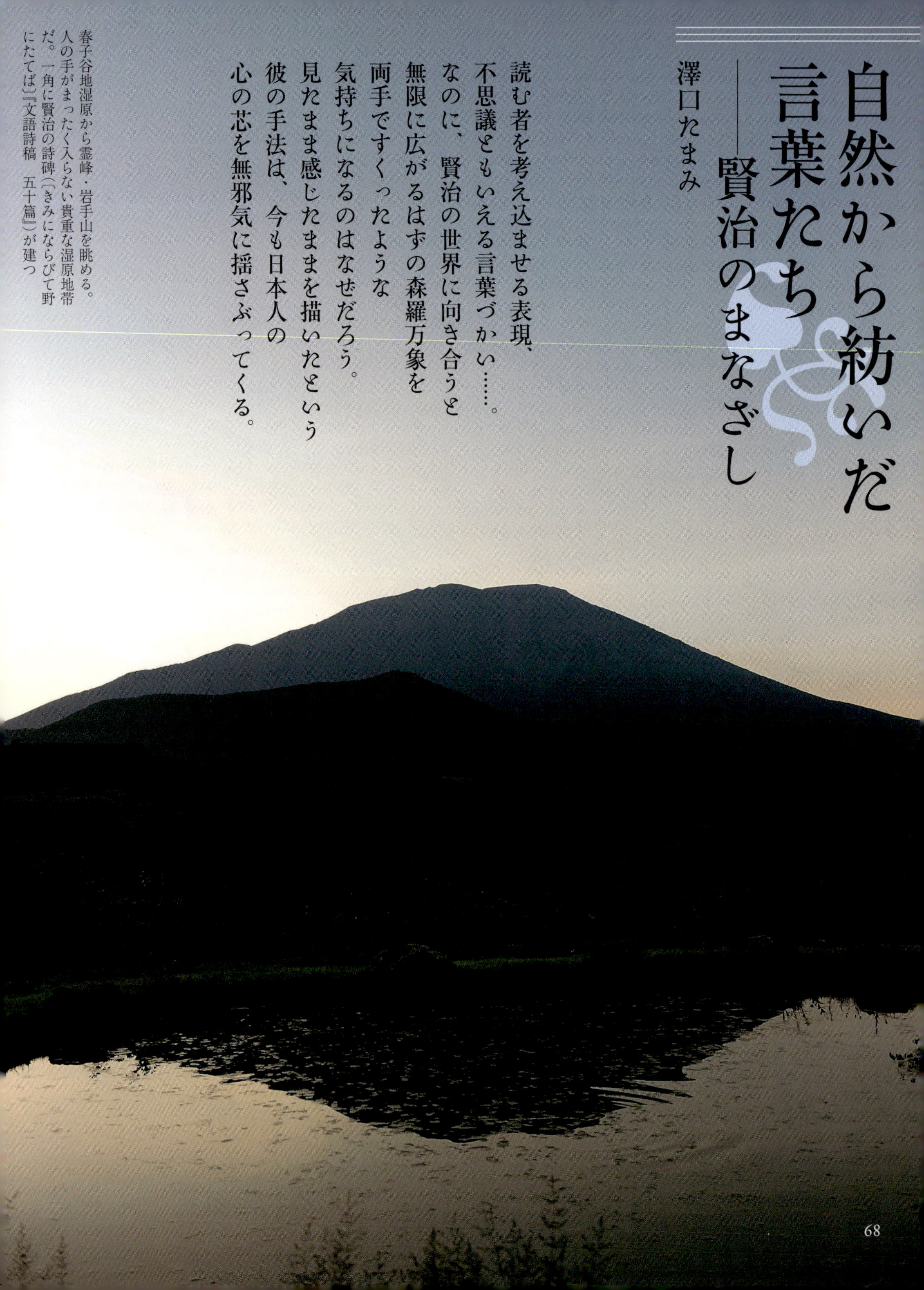

自然から紡いだ言葉たち

——賢治のまなざし

澤口たまみ

読む者を考え込ませる表現、
不思議ともいえる言葉づかい……。
なのに、賢治の世界に向き合うと
無限に広がるはずの森羅万象を
両手ですくったような
気持ちになるのはなぜだろう。
見たまま感じたままを描いたという
彼の手法は、今も日本人の
心の芯を無邪気に揺さぶってくる。

春子谷地湿原から霊峰・岩手山を眺める。人の手がまったく入らない貴重な湿原地帯だ。一角に賢治の詩碑(「きみにならびて野にたてば」『文語詩稿　五十篇』)が建つ

春の小岩井農場。日本最古のサイロが建つ

ヒバリ

ひばり　ひばり
銀の微塵のちらばるそらへ

花巻農学校の教え子たちの証言によると、賢治はいつも、作業着の蓋のない胸ポケットに小さなスケッチブックを入れていて、田畑や野山を歩きながらしきりにメモをとっていたという。それは何も、賢治に限った行為ではない。自然を愛する者なら、日ごとに彩りを変える野山のようすを、つぶさに記録してみたいと思うのは、ごく当たり前の心の動きだ。

かく言う私も、春が来るたびに手帳を新しくする。賢治が「イーハトーヴ」と呼ぼうとした岩手の春は短く、誰かがどこかで、花という花の詰まったびっくり箱を開けたような速さで進んでゆくので、私の手帳のページは、慌しく植物和名などを記したカタカナ文字で、みるみるうちに埋まってゆく。それでいて、何か大事なことを見落としているような気がして、もの足りなくも思う。

そんな私にとって、賢治の作品を読むのは、いつか自然のなかで書き漏らしてしまった大切な言葉を、探し出す作業に似ている。

賢治のスケッチブックは、雨中や夜間でも記され、自身でも判読不能なページがあったと聞く。けれども賢治はそのなかから、いくつもの言葉を丁寧にすくいとり、自ら「心象スケッチ」と呼んだ詩や、たくさんの童話のなかにちりばめていった。

たとえば『春と修羅』に収められた詩「小岩井農場」は、岩手の春の野山のようすを、じつに巧みに表現している。

ひばり　ひばり／銀の微塵《みぢん》のちらばるそらへ／たつたいまのぼつたひばり

左頁／小岩井農場・まきば園
から岩手山を望む

なのだ／くろくてすばやくきんいろだ／そらでやるBrownian movement

「Brownian movement」は「ブラウン運動」で、物質の分子が互いにぶつかり合って、小刻みに震える運動を指している。

ヒバリなら、私も見ている。空高くで羽ばたきながら、かしましく囀る。羽ばたいているのに、その位置を変えない。空のひとところにとどまり、頭上から雨のように歌を降らせてくる。それを表現して「空でやるブラウン運動」とは、なんと独創的であることか。

ヒバリについての描写は続く。

おまけにあいつの翅《はね》ときたら／甲虫のやうに四まいある／飴いろのやつと硬い漆ぬりの方と／たしかに二重《ふたへ》にもつてゐる／よほど上手に鳴いてゐる／そらのひかりを呑みこんでゐる／光波のために溺れてゐる

むろん、ヒバリの羽は二枚である。しかし、あまりにも激しく羽ばたいているために、四枚あるかのように見える。鳥の翼は腕が変化したものなので、腕に当たる部分には骨があり光を通さないが、羽だけの部分は、ときに日に透けて見えることがある。

賢治はそれを、甲虫の翅に例えている。十歳のころに昆虫標本作りに熱中した経験は、その心のなかに、確かに息づいていた。

春の野山

こんなしづかなめまぐるしさ

「小岩井農場」の続きを読もう。

明るい木立のなかに入ると、鳥の声がいっぱいだ。

なんといふたくさんの鳥だ／鳥の小学校にきたやうだ／雨のやうだし湧いてるやうだ／居る居る鳥がいつぱいにゐる／なんといふ数だ　鳴く鳴く鳴く／Rondo Capriccioso／ぎゆつくぎゆつくぎゆつくぎゆつくぎゆつく

「Rondo Capriccioso」の「ロンド」は「主題が挿入部をはさんでくり返される器楽曲の形式」で、「カプリチョーソ」は「気まぐれに、幻想的に」との意味だ。

考えてみれば小鳥の囀りは、どれも主題を持っていて、「ロンド・カプリチョーソ」そのものである。複雑な鳴き声のなかに、「ピックルクル、ピックルクル」という巻き舌が入ればキビタキの囀りだし、スラーを効かせた「ヒーリーリー」が入ればオオルリだ。

木立がいつか並樹になつた／この設計は飾絵式《かざりゑ》だ／けれども偶然だからしかたない

「飾絵式」とは、造園の盛んなイギリスにおいて、風景的な美を求める庭園が主流であったなか、絵画的な美を追求する「ピクチャレスク派」が生まれたことを受けての表現だろう。花壇設計をも手がけた賢治は、ひとりでに生えてきた木々の並びの絶妙さに、目を見張っている。

賢治はこのような自然美の企まざる意匠性について、同じ『春と修羅』の「樺太鉄道」のなかでは、「すべて天上技師Nature氏の／ごく斬新な設計だ」とも書いている。

賢治はうつむいて歩いている。その足もとの地面には黒いところと白っぽいところとがある。

けれどもこれは樹や枝のかげでなくて／しめつた黒い腐植質と／石竹《せきちく》いろの花のかけら／さくらの並樹になつたのだ／こんなしづかなめまぐるしさ

次々と現れる新たな景色に、心はいちいち反応する。春の野山を歩くのは、じつにめまぐるしいことなのだ。

賢治の凄いところは、そのものを見たときの自分の心の動きを、ごく素直に書きとめていったことである。自然を、書く対象として向こう側に置いているのではなく、いったん自身の内側にとり込んでおいて、心のなかを見つめながら言葉を紡いでいったのだ。だからこそ、「心象スケッチ」なのである。

陽光

五月のきんいろの外光のなかで口笛をふき歩調をふんでわるいだらうか

春の野山は、目に映るもの、すべてが笑っているかのようだ。「小岩井農場」はさらに続く。

わたくしは白い雑嚢をぶらぶらさげて／きままな林務官のやうに／五月のきんいろの外光のなかで／口笛をふき歩調をふんでわるいだらうか／たのしい太陽系の春だ／みんなはしつたりうたつたり／はねあがつたりするがいい

『春と修羅』を書いていたころ、賢治は花巻農学校で教師を務めていた。小岩井農場を歩きながらも、四月の実習の日を思い出している。

あの四月の実習のはじめの日／液肥をはこぶいちにちいつぱい／光炎菩薩太陽マヂツクの歌が鳴つた（中略）**ああ陽光のマヂツクよ／ひとつのせきをこえるとき／ひとりがかつぎ棒をわたせば／それは太陽のマヂツクにより／磁石のやうにもひとりの手に吸ひついた**

堰を越えるときに、首尾よく液肥を運ぶことができたのは、「太陽のマジック」のおかげであると、賢治は感謝している。

小岩井農場で賢治の後輩、岩手大学農学部の学生たちが実習をしていた

太陽からは光や紫外線のほかに、太陽風と呼ばれる高速の電子なども降ってきていて、それがオーロラなどの発生原因になっている。太陽風が激しくなって太陽嵐になれば、大規模な停電などを引き起こすことも知られている。賢治はたぶん、そういったさまざまな現象を踏まえたうえで、太陽マジックという言葉を使っているのだろう。

もっとも、春になって次々と花が咲き、大地が美しく彩られてゆくだけでも、十分にマジックと呼ぶに値する。賢治は謳う。

たのしい地球の気圏の春だ／みんなうたつたりはしつたり／はねあがつたりするがいい

春は自然界の生きとし生けるものが、恋をする季節である。春になると小鳥たちが囀るのも、オスからメスへの求愛行動だ。しかもそれだって、日ごとに長くなる日長が、生き物たちの脳に働きかけ、生殖を促すホルモンが分泌されることによるのだから、太陽マジックのなせる業だと言えなくもない。

そしてかつての小岩井農場では、凄まじく派手な求愛行動をとる鳥もいた。

やつてるやつてるそらで鳥が／（あの鳥何て云ふす　此処らで）／（ぶどしぎ）／（ぶどしぎて云ふのか）／（あん　曇るづどよぐ出はら）

畑で働く農夫が「ぶどしぎ」と言っているのは、オオジシギのことである。春になると、南半球のオーストラリアから渡ってきて、日本で繁殖をする。岩手では、小岩井農場をはじめ各地で繁殖していたが、最近ではごく限られた場所でしか見られなくなった。

オオジシギのオスの求愛行動は、上空から急降下しながら「ズビャーク、ズビャーク」と激しく鳴くとともに、尾羽を扇状に開き、「ザザザザ……」と風を切る音を出すという、じつにけたたましいものである。

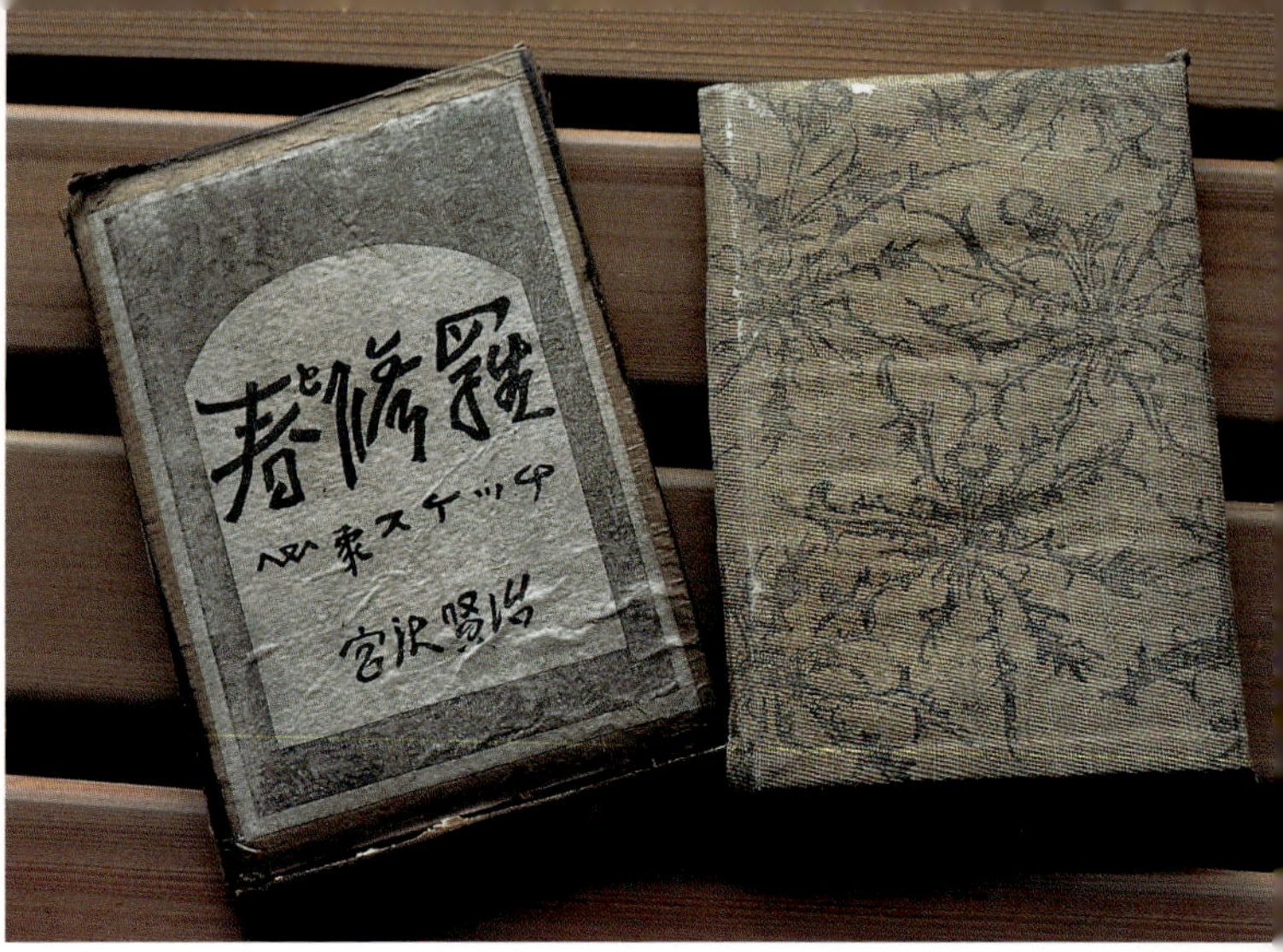

カラマツ

**これらのからまつの小さな芽をあつめ
わたくしの童話をかざりたい**

岩手の春を彩るもののひとつに、カラマツの芽がある。

ふつうマツは常緑樹だが、ご存じのとおりカラマツは「落葉松」とも書き、秋になると黄色い針のような葉を、はらはらと間断なく降らせる。そして春ともなれば、いっせいに新たな芽を吹くのである。

短い緑色の針を束ねたような芽が、枝という枝に、一定の間隔で点々と並んで出てくる。見ようによってはカラマツの木全体が、緑色の水玉もようをまとったようでもある。

その芽の可憐さに心ひかれない者は、おそらくはいないだろう。しかしまた、賢治ほど巧みにそれを表現できる者も、いないだろうと思う。

同じく「小岩井農場」のなかで、カラマツの芽は三か所に出てくる。一度目は「からまつの芽はネクタイピンにほしいくらゐだし」で、二度目は「から松の芽の緑玉髄《クリソプレース》」、それから三度目は「これらのからまつの小さな芽をあつめ／わたくしの童話をかざりたい」である。

鉱物に詳しかった賢治は、カラマツの芽の色や形を説明するのに、長々と言葉を重ねることをしない。「クリソプレース」という、石英の一種のたった一つの鉱物名で、その、少し白っぽい緑色の感じや、水玉のような愛らしさを言い表してしまう。そのうえでおもむろに、「わたくしの童話をかざりたい」と、自らの思いを打ち明ける。

賢治によれば、彼の童話はみんな、岩手の野山から拾ってきたものだという。それを、岩手の野山を彩るカラマツの芽で飾りたいと願うのは、無理もないことだろう。

そう言えば『春と修羅』の初版本の装丁は、藍で染め出されたアザミと思しき植物の文様だ

上／宮澤家に残されていた『春と修羅』初版本。本の縁が黒くこげているのは、昭和20年8月10日の花巻空襲で蔵が焼けたためだ

った。アザミもまた、岩手の野山を印象的に彩る植物であり、なかにはナンブアザミと、藩政時代の岩手の地名が冠された種類もある。

賢治はアザミを、童話「風の又三郎」のなかに「すてきに背の高い薊」と登場させたり、「ひかりの素足」という仏教をテーマにした童話のなかに、「おまへたちの罪は（中略）あざみの棘のさきの小さな露のやうなもんだ」と書いたりしている。

コブシ

枝にいっぱいひかるはなんぞ。天からおりた天の鳩。

コブシはモクレン科の樹木で、サクラに先んじて岩手の野山に春を告げる。枝いっぱいに白い花を咲かせるうえ、枝ぶりがよいので、遠目にはコブシの木そのものが、大きなひとつの灯りのようにも見える。

岩手では、コブシは「田打ち桜」と呼ばれている。田打ちというのは、田んぼに水を入れる前に、田の土を起す作業を指している。その年の気候によって、春の訪れは早かったり遅かったり、まちまちである。コブシの花は、暦よりも正確に春の訪れを知らせるものとして、農作業を始める目安とされてきたのである。

「ひかりの素足」と同じく、仏教をテーマにした童話に「マグノリアの木」がある。「マグノリア」とは、「モクレン科モクレン属の学名」である。「属」とは、「科と種のあいだにある分類学上のグループ」で、モクレン属には、日本ではモクレンのほか、コブシ、ホオノキなど、いくつかの種類が含まれる。

コブシとホオノキは、いずれも芳香を持つ。ことにホオノキは、木の葉の広がった初夏の雑木林で、果実のような甘い香りを濃密に漂わせるため、たとえ花が見えなくとも、開花していると分かるほどだ。

その芳しさゆえであろう、賢治は仏教に関する童話のなかに、しばしばホオノキを登場させ

右頁／盛岡市を貫流する北上川の岸辺に咲いたコブシの巨木

る。たとえば先に紹介した「ひかりの素足」では、「光の国」で出会った「大きなすあし」の人の手が、傷ついた子どもたちを癒すときに、「かすかにほほの花のにほひ」を漂わせる。

いっぽう「マグノリアの木」には、ホオノキとともにコブシが描かれる。賢治はどうしても、ホオノキとコブシ、両方を登場させたかったようだ。

「すぐ向ふに一本の大きなほほの木がありました。その下に二人の子供が幹を間にして立ってゐるのでした」と、ひとまずホオノキを出したうえで、この子どもたちに次のように歌わせるのである。

「サンタ、マグノリア、／枝にいっぱいひかるはなんぞ。」／向ふ側の子が答へました。／「天に飛びたつ銀の鳩《はと》。」／こちらの子が又うたひました。／「セント、マグノリア、／枝にいっぱいひかるはなんぞ。」／「天からおりた天の鳩。」

「枝にいっぱい光る」という表現から、このマグノリアがコブシであることは明らかである。そして私は、これほど美しくコブシの花を表現した一節を、ほかに知らない。

植物が、学名でさらりと登場したりするのも、賢治作品のひとつの特徴である。ここでは、「サンタマリア」という聖母マリアに対する祈りの言葉をもじって「サンタ、マグノリア」とやりたいがために、あえて学名を用いたのだろう。

熱心な仏教信者であった賢治だが、そのいっぽうでキリスト教への関心も深かった。「サンタマリア」という文句は、いくつかの作品に使われている。

サクラ

けれどもぼくは
桜の花はあんまり好きでない。

「宮澤先生は、豊沢川のほとりでサクラの苗木を植えていました」

私にそう語ってくれたのは、小さな背中を木綿地の半纏で包んだ、八十代半ばの白髪のおばあさんだった。かれこれ十五年あまりも前のことである。

「私はまだ子どもで、父親に連れられて歩いていました。豊沢川のほとりで、父がスコップを持って立っている先生を見つけて……。駆け寄って、父が『宮澤先生、すけるすか（手伝いますか）』と声をかけたのですが、先生は静かに首を横にふって、『いいえ、これは私の仕事ですから』と答えました」

その話を聞いて、私は内心、とても驚いていた。その少し前に知り合いの賢治研究家から、「賢治はサクラが嫌いだったんですよ」と、教えられたばかりだったのである。あまり好きではない木を、わざわざ豊沢川のほとりに植えたりするのだろうか。

「きっと宮澤先生は、サクラの花が好きだったのでしょうね」

とっさに答えると、おばあさんは「うん、うん」と何度も肯いて笑った。賢治がサクラの苗木を扱うようすや、父親とのやりとりの内容から、おばあさんは子ども心にも、何かしら温かいものを感じとっていたのだと、私は思った。

賢治はこのとき、花巻農学校の実習で余った苗木を植えていたと推察される。

「或る農学生の日誌」は、農学校の生徒である「ぼく」の一人称で語られる日記形式の短編だが、そのなかの「一九二五、四月一日　火曜日　晴」で始まる一節には、実習でサクラの支柱を外したことが述べられ、そのサクラについては「去年の九月古い競馬場のまはりから掘って来て植《うゑ》て置いたのだ」と記されている。そして知り合いの賢治研究家が、「賢治はサクラが嫌いだった」と話した理由もまた、「或る農学生の日誌」のなかに書かれている。

一千九百二十五年五月五日　晴／まだ朝の風は冷たいけれども学校へ上り口の公園の桜は咲いた。けれどもぼくは桜の花はあんまり好きでない。朝日にすかされたのを木の下から見ると

上／盛岡市内の北上川に架かる夕顔瀬橋上流から
JR山田線の鉄橋と早春の岩手山を望む

何だか蛙《かへる》の卵のやうな気がする。

サクラの花を日に透かして見ると、花芯の部分だけが点々と影になって見え、確かにアカガエルなどの卵に似ている。それはほんとうのことだから仕方がない。

むしろ賢治がサクラを「あんまり好きでない」と書いた理由は、次のくだりにこそあるのだろう。日誌は続く。

それにすぐ古くさい歌やなんか思ひ出すしまた歌など詠《よ》むのろのろしたやうな昔の人を考へるからどうもいやだ。そんなことがなかったら僕はもっと好きだったかも知れない。誰《たれ》も桜が立派だなんて云はなかったら僕はきっと大声でそのきれいさを叫んだかも知れない。僕は却《かへ》ってたんぽぽの毛の方を好きだ。夕陽《ゆふひ》になんか照らされたらいくら立派だか知れない。

すべては「誰も桜が立派だなんて云はなかったら」との一文に集約されている。誰も見向きもしないものの美しさをこそ、賢治は見出そうとしていた。

雑草

キンキン光る／西班尼製です（つめくさ　つめくさ）

ノートに記されていたことから、便宜的に「詩ノート」と呼ばれる作品群のなかに、賢治は次のような詩を残している。

うごかなければならなくて／ホーはひとりでうごいてるのだ／何といふりっぱなぢしばりだ（中略）ブリキいろした牛蒡やちさで／も一つちがった図案をこゝにこさへるために／わたくしはいまこの夢のやうに縁辺をまばらに消やす／豪華なアラベスクを削ってゐる／このことに就てわたくしは／あらゆる聖物毀損の罪に当らう

ジシバリとは、地面を這うように茎を伸ばし、タンポポによく似た花を咲かせるキク科の植物である。田畑に生えれば雑草として除去しなければならないが、地面すれすれのところに黄色い花を点々と咲かせ、そのいちいちが風に揺れていたりするのを見ると、なかなかに風情が

ある。

畑に生えたジシバリを剝ぎとりながら、賢治はその行為を、「聖物毀損の罪」だと嘆いているのだった。

雑草と言えば、賢治はシロツメクサも好きだった。『春と修羅』に収められた「習作」という詩の冒頭に、さっそく登場させている。

キンキン光る／西班尼《すぱにあ》製です／（つめくさ　つめくさ）／こんな舶来の草地でなら／黒砂糖のやうな甘つたるい声で唄つてもいい

「西班尼」は、スペインを指しているようだ。シロツメクサは、ヨーロッパ南部の原産で、江戸時代に梱包材として渡来し「つめくさ」の名がついたが、本格的に日本に広まったのは明治時代に牧草として導入されたあとである。今では牧場のみならず、空き地などで見られる雑草だが、賢治の時代には、導入されてそれほどの間もなく、「舶来の草地」という表現が似つかわしい、ハイカラなものだったのだろう。

シロツメクサが印象的な作品には、ほかに童話「ポラーノの広場」がある。

ポラーノの広場とは、「野はらのまんなかの祭のあるとこ」で、そこには「つめくさの花の番号を数へて」行く。

「おや、つめくさのあかりがついたよ。」ファゼーロが叫びました。
なるほど向ふの黒い草むらのなかに小さな円いぼんぼりのやうな白いつめくさの花があっちにもこっちにもならび、そこらはむっとした蜂蜜《はちみつ》のかをりでいっぱいでした。

上2点／ツメクサ、タンポポ……何気ない野の花も、賢治の言葉で語られると、何か崇高な存在に思えてくる（花巻市内で）

「あのあかりはねえ、そばでよく見るとまるで小さな蛾《が》の形の青じろいあかりの集りだよ」

マメの花は左右対称で、どことなくチョウの姿に似ていることから、植物用語では「蝶形花」と呼ばれている。マメ科のシロツメクサのぼんぼり状の花は、小さな蝶形花が丸く集まったものである。

しかし賢治は、それをあえて「蛾の形」と説明している。これは、お話の舞台が夜の野原であることを意識した表現なのかも知れない。が、あえてチョウを外したところに、賢治ならではの美意識が働いていたことは確かだろう。

カエル

あるとき、三十疋のあまがへるが、一緒に面白く仕事をやって居りました。

庭の一画のサクラの木の根もとから、毎春、約束したように芽を出して、美しい薄紅色の花を咲かせるシャクヤクは、気まぐれに立ちよった植木市で、これまた気まぐれにボタンの苗を買い求めたときに、おまけにもらったものだった。

我が庭で、このふたつの花が咲くのを楽しみにしているのは、決して私だけではない。庭のあちこちに棲みついているアマガエルのなかには、花に抱かれて眠るのが大好きな一匹がいて、ボタンやシャクヤクがほころぶのを今か今かと待っている。

いく層にも重なった花びらのあいだに、すっぽりと体をうずめて一夜を過ごす気分は、はたしていかばかりだろう。馥郁たる花の香りに包まれながら、満天の星に目を凝らしたり、ゆっくりと明けてくる東の空を、飽かず眺めたりできるのだったら、私も一度ぐらいはアマガエルに生まれ変わってもいい、と思ったりする。

童話「カイロ団長」は、次のような書き出しで始まる。

あるとき、三十疋《びき》のあまがへるが、一緒に面白く仕事をやって居《を》りました。

なんと三十匹のアマガエルだという。

いましたっ。正真正銘
イーハトーブのカエル
（花巻市大迫町八木巻）

これは主に虫仲間からたのまれて、紫蘇《しそ》の実やけしの実をひろって来て花ばたけをこしらへたり、かたちのい、石や苔《こけ》を集めて立派なお庭をつくったりする職業《しやうばい》でした。

こんなやうにして出来たきれいなお庭を、私どもはたびたび、あちこちで見ます。それは畑の豆の木の下や、林の楢《なら》の木の根もとや、又雨垂れの石のかげなどに、それはそれは上手に可愛らしくつくってあるのです。

ほんとうにそうなのだ。植えた覚えのない草花が、庭の片隅で忽然と花を咲かせたり、草むらに張られたクモの巣が、ある日、無数の花びらで飾られていたり。いつも眺めている自分の庭でさえも、「おや、いつの間にこんなものが」と、新鮮な発見をすることは少なくない。我が庭の「カイロ団」も、なかなかいい仕事をしてくれる。

このあと「カイロ団長」は、アマガエルたちがトノサマガエルに騙されて手下にされ、過酷な労働を強いられるという展開をする。いささか擬人的すぎる話の進み方ではあるが、賢治が質屋という家業に悩んでいたことや、農村の疲弊、とりわけ地主と小作人の関係に心を痛めていたことを考えると、避けては通れない展開なのだろう。

もっとも、この童話の結末はじつにふるっていて、さすがは賢治だと唸らされる。過酷な労働を言いつけられて、アマガエルたちが息も絶え絶えになっていると、いきなり青空から、王様の命令が聞こえてくる。それは、「ひとに物を云ひつける方法」で、「その仕事を一ぺん自分で二日間やって見る」などというもの、おまけに「その通りやらないものは鳥の国へ引き渡す」というから大変だ。

おかげでアマガエルとトノサマガエルの立場が逆転し、今度はトノサマガエルが、過酷な労働を自分でやってみることになる。そうしてとうとう、トノサマガエルが息も絶え絶えになったとき、再び青空から王様の命令が降ってくる。

王様の新らしいご命令。王様の新らしいご命令。すべてあらゆるいきものはみんな気のい、かあいさうなものである。けっして憎んではならん。以上。

ここまで読むと私は、もうまったくそのとおりだと感激し、この得体も知れない王様とやらに、拍手喝采を送らずにはいられない。

雲見

一体蛙どもは、みんな、夏の雲の峯を見ることが大すきです。

カエルを主人公にした童話は、まだまだある。

たとえば「蛙《かへる》のゴム靴《ぐつ》」は、一匹の娘ガエルをめぐり、三匹の若者ガエルが恋のさや当てをくり広げるというお話である。三匹のあいだには嫉妬、陰謀がうず巻き、これもまた、そのまま人の世を皮肉ったものになっている。

しかし「蛙のゴム靴」で興味深いのは、カエルという生き物ならではの視点が、生き生きと語られているところである。

私たち人間は、ともすると自分たちの見ている世界だけが絶対だと思いがちだが、この世には無数の生き物がいて、それぞれの視点で世のなかを見ている。言い換えれば、ひとつに見えるこの世界には、実際には、生き物の数だけ異なる世界が存在しているということになる。

ある夏の暮れ方、カン蛙ブン蛙ベン蛙の三疋は、カン蛙の家の前のつめくさの広場に座って、雲見といふことをやって居りました。一体蛙どもは、みんな、夏の雲の峯を見ることが大すきです。(中略)**眺《なが》めても眺めても厭《あ》きないのです。そのわけは、雲のみねといふものは、どこか蛙の頭の形に《に》肖てゐますし、それから春の蛙の卵に似てゐます。それで日本人ならば、丁度花**

右頁／網張温泉近くから。岩手山山頂に賢治が名づけた「ペネタ形」の雲が広がった

見とか月見とかいふ処《とこ》を、蛙どもは雲見をやります。

ここに出てくるカエルたちは、その家が「つゆくさの十本ばかり集った下のあたり」や、「林の中の楢の木の下」など、いずれも陸にあることから、おそらくはアマガエルである。

カエルはそもそも水辺の生き物だが、アマガエルは畑や野原など、陸で暮らす道を選んだ。だからアマガエルたちは、水が恋しくてたまらない。いつだって、雨が降るのを待っている。雲をうっとりと眺めながら、カエルたちは口々に語る。

「どうも実に立派だね。だんだんペネタ形になるね。」／「うん。うすい金色だね。永遠の生命を思はせるね。」／「実に僕たちの理想だね。」

雲のみねはだんだんペネタ形になって参りました。

「ペネタ形」とは賢治の造語で、入道雲が崩れて今にも雨が降り出しそうな、アマガエルにとっては最高の雲を指している。

それにしても「雲見」とは、いつでも、どこにいても、空に雲さえ浮かんでいればできる楽しみである。これをカエルたちの特権にしておくのは、もったいないというものだ。自然のなかでは、心の持ち方ひとつで、いくらでも楽しみを見つけることができるのだと、賢治は教えてくれている。

岩手山

**薬師火口の外輪山をあるくとき
わたくしは地球の華族である**

大正十（一九二一）年に花巻農学校に入学した照井謹二郎さんは、教師になりたての賢治を見ている。

そのころ農学校は、花巻城址のなかにあって稗貫農学校と言い、隣接する花巻女学校に比べてみすぼらしい学校だったため、周囲からは「桑っこ大学」と揶揄されていた。郊外に新築されて花巻農学校となるのは、大正十二年の春のことである。

着任式は、大正十年の十二月三日、古びた校舎の養蚕室で行われた。新任の教師は三人いたが、坊主頭は賢治だけだった。挨拶に立った賢治は、

「宮澤賢治でス」

ぼそっとそれだけ言うと、ぺこりと頭を下げて席に戻ってしまった。何か話があるだろうと思っていた生徒たちは、肩透かしを食らったような気分になったという。

照井さんにとって賢治が身近になったのは、二年生に進級したあとのことだった。大正十一年、賢治は生徒を連れて岩手山に登っており、照井さんもそれに同行していた。賢治は、学校では仏教について何も話さなかったが、照井さんは岩手山で、岩陰で読経する賢治の声をはじめて聞いた。「凜とした、いい声だった」。

生徒を連れて岩手山に登ったときのようすは、『春と修羅』に収められた「東岩手火山」に詳しい。日付は「一九二二、九、一八」である。風のない、とても温かな夜だった。そんなことは珍しい。賢治は生徒と話している。

こんなことはじつにまれです（中略）**いまはまだなんにも見えませんから／もすこし明るくなつてからにしませう**（中略）**お日さまはあすこらへんで拝みます**

夜のうちに登り、頂上で御来光を拝むのが、当時の一般的な登山スタイルであった。

向ふの黒いのはたしかに早池峰です／線になつて浮きあがつてるのは北上山地です／うしろ？／あれですか／あれは雲です　柔らかさうですね／雲が駒ケ岳に被さつたのです

「わたくしはもう十何べんも来てゐます」という賢治は、名解説者だ。そしてひとしきり解説したあと、ようやく賢治はひとりになる。

さあでは私はひとり行かう／外輪山の自然な美しい歩道の上を／月の半分は赤銅《しやくどう》　地球照《アースシヤイン》（中略）**二十五日の月のあかりに照らされて／薬師火口の外輪山をあるくとき／わたくしは地球の華族である**

高山で見る星空は近い。賢治は夜の岩手山を歩くとき、宇宙を直に感じているようだ。「地

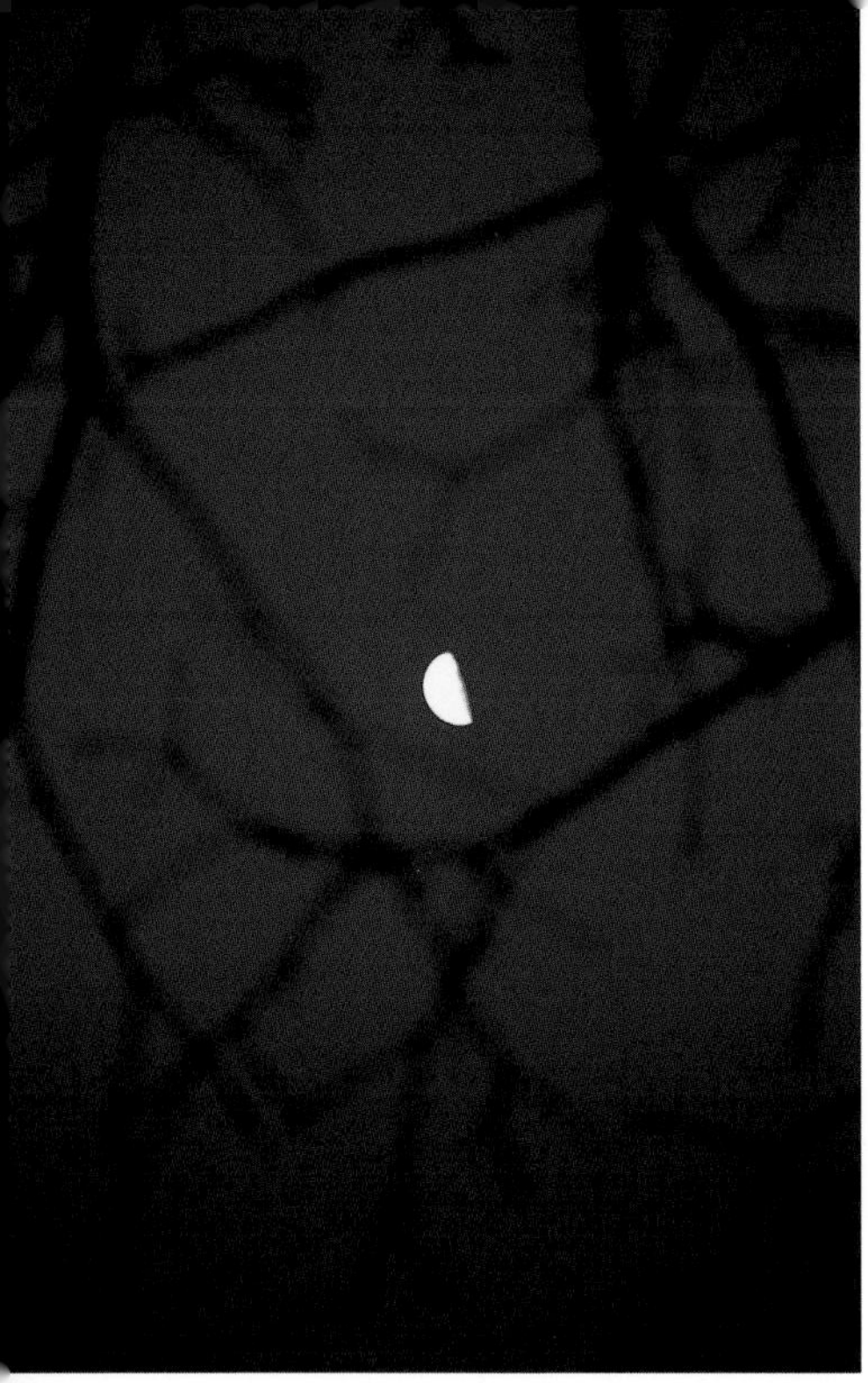

盛岡市郊外で半月ながら、
やけに明るい月に出会った

球照」は、半月などの月の光っていない部分が、地球からの照り返しで、うっすらと光って見えることだ。この日は「二十五日の月」だから、半月よりは三日月に近い。

私は気圏オペラの役者です／鉛筆のさやは光り／速かに指の黒い影はうごき／唇を円くして立つてゐる私は／たしかに気圏オペラの役者です

賢治は月明かりのなかで、鉛筆を動かしメモをとっている。が、次第に賢治を疲労が襲う。出かける前に、家人から言われた言葉が脳裏をよぎる。

あんまりはねあるぐなぢやい／汝《うな》ひとりだらいがべあ／子供等《わらしやど》も連れでて目にあへば／汝《うな》ひとりであすまないんだぢやい

生徒たちも連れていて酷い目にでも遭えば、お前ひとりのことでは済まないのだぞ、と忠告されたのだ。

賢治がはじめて岩手山に登ったのは、明治四十三（一九一〇）年六月のことである。賢治は盛岡中学の二年生に在学していて、学校で組織された「植物採集登山隊」約八十人のひとりとして頂上で御来光を拝んだ。さらに三か月後の九月には、早くも二度目の登山に出かけている。そして翌年、十五歳で岩手山への単独登山を果す。以来、賢治はことあるごとに岩手山を訪れるようになった。

賢治はそんな自らの経験から、多感な少年時代にこそ出会っておくべき自然がある、と考えていたのだろう。

運動は、からっきし駄目だった賢治だが、泳ぐのと歩くのだけは得意だった。照井さんは回想する。

「宮澤先生は山や川に行くと、人が変ったようにエネルギーが出た」

自然観察

「小原くん、詩の作り方を教えよう」

生徒を連れての岩手山登山は、ときに少人数で、ときには大人数で、機会を見つけては行われていた。大正十二（一九二三）年に花巻農学校に入学した小原忠さんも、「岩手山での歩きっぷりを認められて、近くの山へも誘ってもらえるようになった」と語る一人である。

もともと文学が好きだった小原さんは、家が農学校の近くだったこともあって、しばしば散歩の誘いを受けたという。

賢治がやって来るのは、たいてい宿直の晩である。ふつう宿直と言えば、学校にいなければならないのだが、そんなことにはおかまいなしの賢治であった。また小原さんの家を訪れるときは、玄関ではなく窓から声をかける。

「小原くん、詩の作り方を教えよう」

文学の好きな小原さんは喜んで出かけた。が、詩の作り方について、具体的にどんなことを教えてもらったかは、ほとんど記憶に残っていないという。

「行く先は、たいてい野原でした」

そのなかで、ひときわ鮮やかに覚えているのは夏の夜の散歩で、遠くに花巻の停車場の灯りが、まるでお城のようにぼうっと浮かんで見えたそうだ。

「空には天の川がばあーっとかかり、流れ星も飛びました」

光っている草があり、小原さんが不思議に思っていると、賢治が教えてくれた。

「なかに発光菌が入っているんだ」

賢治はそうやって野原を歩きながらも、絶えず頭のなかで詩や童話を作っているようだった。

小原さんは言う。

「もしかしたら『銀河鉄道の夜』は、あの夏の夜の散歩から発想したのではなかったかと、私

毎年、賢治の命日である9月21日に催される賢治祭。羅須地人協会跡地の花巻市下根子桜で開催される

は思っています」

確かに、童話「銀河鉄道の夜」のなかで、友人たちにからかわれた主人公のジョバンニが、急いで黒い丘へと登ってゆくシーンは、小原さんの記憶とよく似ている。

ジョバンニは、もう露の降りかかった小さな林のこみちを、どんどんのぼって行きました。（中略）草の中には、ぴかぴか青びかりを出す小さな虫もゐて、ある葉は青くすかし出され、ジョバンニは、さっきみんなの持って行った烏瓜《からすうり》のあかりのやうだとも思ひました。（中略）町の灯は、暗《やみ》の中をまるで海の底のお宮のけしきのやうにともり、子供らの歌ふ声や口笛、きれぎれの叫び声もかすかに聞えて来るのでした。

ちなみに「銀河鉄道の夜」の第一稿は残っていない。が、さまざまな人の証言から、賢治がそれを書き始めたのは、大正十三年ごろであったことが分かっており、それは、小原さんが農学校に在校した時期とも一致する。

また小原さんは、賢治と二人で、花巻温泉まで歩いていったことを覚えているという。四月か五月のことだった。雑木林の木々は、それぞれ微妙に色合いの異なる緑色の葉を出して、小原さんを迎えてくれた。

「そのとき私は、早春の山とは、こんなにも美しいものなのだ……と、しみじみと感動しました。そういった自然の素晴らしさは、宮澤先生と歩くようになってから、はじめて知ったことでした」

そんな小原さんの話を聞いて、私は思わず尋ねていた。賢治が小原さんに教えようとしていたのは、ひと言で表すと、どんな事柄だったのか、と。

すると小原さんは、はっきりと答えてくれたのだった。

「宮澤先生が教えてくれたのは、今の言葉で言う『自然観察』のようなものでした」

小原さんが、いみじくも「今の言葉で言う」と語ったように、賢治が教師をしていた大正時代には、「自然観察」という言葉は、まだ存在していなかった。賢治が実践しようとしていたのは、当時としては非常に斬新な教えだったのである。

毒蛾

ハームキヤの町でも毒蛾の噂は実に大へんなものでした。

二〇〇七年から八年にかけて、岩手県はマイマイガというガの大発生に見舞われた。

マイマイガは、欧米でも有名な森林の大害虫である。マイマイガの幼虫には好き嫌いがなく、いろいろな樹木の葉を食べて育つことができる。そのため、何かの拍子に好適な条件が揃うと、大発生を起しやすい。

したがって、マイマイガが岩手で大発生をしたときも、昆虫に詳しい人間はほとんど動じなかった。そういうこともあるだろう。自然界にはマイマイガの天敵がたくさんいるから、翌年、遅くとも翌々年には収束に向かうはずだ。

しかし多くの人は、マイマイガの発生は、ほんとうに数年で終わるのだろうかと、疑心暗鬼になった。しかも悪いことに、マイマイガはドクガ科に属している。幼虫は、いかにも毒のありそうな毛虫である。が、実際には一齢幼虫以外には毒はない。ややこしい話だが、マイマイガはほとんど毒のないドクガの仲間なのである。

当然のことながら、人々はマイマイガを退治しようとした。が、何しろ相手は大量のガである。退治しても退治しても、夜な夜な新たなものが飛んでくる。そのようすは、毎日のようにテレビや新聞で報道された。が、考えてみれば街に煌々と明かりを灯しているのだから、ガが引き寄せられてしまうのは当然のことである。

賢治が愛用した顕微鏡。
宮沢賢治記念館蔵

結局、マイマイガの大発生に見舞われた地域では、夜間に街灯などの明かりをいっせいに消すという対策をとり、それはかなりの功を奏した。家々の前で焚き火をし、マイマイガを誘殺したところもあった。興味深いのは、最終的に最も有効だったそれらの対策が、賢治の時代とほとんど変わらぬものであった、ということだ。

大正十一年の七月、盛岡市にドクガの大発生が起こった。こちらはマイマイガと違い、実際に皮膚がかぶれるという被害を起こすので、人々の反応はさらに大きかったと想像される。この騒ぎを受けて、二十六歳の賢治はさっそく「毒蛾」という童話を書いた。

主人公は「文部局の巡回視学官」という設定で、ドクガ騒動に遭遇したのは「イーハトブ地方への出張」中のことだという。主人公は「首都のマリオ」で、窓を閉め切って蒸し暑いホテルを逃げ出し床屋に入るのだが、そこで街は消灯の時間となる。

その時です。あちこちの工場の笛は一斉に鳴り、子供らは叫び、教会やお寺の鐘まで鳴り出して、それから電燈がすっと消えたのです。電燈のかはりのアセチレンで、あたりがすっかり青く変りました。／それから私は、鏡に映ってゐる海の中のやうな、青い室《へや》の黒く透明なガラス戸の向ふで、赤い昔の印度《インド》を偲《しの》ばせるやうな火が燃されてゐるのを見ました。（中略）**「ははあ、毒蛾《どくが》を殺す為《ため》ですね。」**（中略）**外へ出て見て、私は、全くもう一度、変な気がして、胸の躍るのをやめることができませんでした。**（中略）**どうしてもこれは遥《はる》かの南国の夏の夜の景色のやうに思はれたのです。私はひとりホクホクしながら通りをゆっくり歩いて行きました。**

ドクガ騒動で戦々恐々とする町を、まるで「遥かの南国の夏の夜の景色」だと喜び、「ホクホクしながら」楽しんで歩く主人公は、まったくもって賢治の分身である。ドクガの大発生ごときは、すぐに収まるものだと分かっている。

主人公は、翌日の夕方には「十里ばかり南の方のハームキヤといふ町」に移動する。「有名なコワック大学校」を視察するためである。コワック大学校では、三人の教授がドクガの毒毛を顕微鏡で観察していた。主人公は、自分も顕微鏡を覗かせてもらう。


「いや、ありがたう。大へんない、ものを拝見しました。どうです。学校にも大分被害者があったでせう。」私は云ひました。／「い、え。なあに、毒蛾なんて、てんでこの町には発生《で》なかったんです。昨夜、こいつ一疋《ぴき》見つけるのに、四時間もかかったのです。」／一人の教授が答へました。／そして私は大声に笑ったのです。

風評に踊らされる人々をも、賢治は笑っているのである。

羽虫

**あのありふれた百が単位の羽虫の輩が
みんな小さな弧光燈といふやうに**

自然界では、生きのびることを約束された生命より、あらかじめ死ぬことを運命づけられた生命のほうが遥かに多い。

たとえば一匹の母カマキリは、その一生で数匹のオスと交尾をし、卵の入ったスポンジ状の「卵のう」を、平均して七個ほど産み落とす。卵のう一つにつき、およそ百五十個の卵が収められているから、一匹の母カマキリと数匹のオスとで、千個あまりの卵を残して死んでゆく勘定となる。

生き物の卵の数は、「次世代の個体数を維持するために十分な数」を基準として決まっている。つまりカマキリの場合、千個の卵があれば、ようやく数匹の成虫を確保できるということである。残り九百九十数匹は、そのための安全保障、すなわち数匹が生きのびるために、代わりに天敵に食べられたり、餌がとれずに弱ったりして、死んでゆく数である。

先ほどのマイマイガが、何かの拍子に大発生を起してしまう要因のひとつには、そもそも虫

たちが、大量に生まれてきて大量に死んでゆく生き物である、という前提がある。死ぬはずの虫が、死なないで生き残ってしまうと、それはすなわち大発生となる。

乱暴な言い方をすれば、虫たちは、食べられるために生まれてくる生き物なのである。

しかし、だからこそ虫たちは懸命に生きている。彼らにとって、生きのびて成虫になり次世代の卵を残せることは、数百にひとつ、種類によっては千にひとつ、万にひとつの奇跡のようなものだ。

賢治はこのことについて、次のような一節を記している。「春と修羅　第二集」に収められている〔落葉松《らくえふしよう》の方陣は〕の後半部分だ。

風がにはかに吹きだすと／暗い虹だの顫へるなみが／息もつけなくなるくらゐ／そこらいっぱいひかり出す／それはちひさな蜘蛛の巣だ／半透明な緑の蜘蛛が／森いっぱいにミクロトームを装置して／虫のくるのを待ってゐる／にもかゝはらず虫はどんどん飛んでゐる

森じゅうに張られた小さなクモの巣は、静止していると決して見えない。が、風に吹かれて震えると、かすかに光って波のように見えたり、暗いけれども美しい虹色を反射したりする。そして「ミクロトーム」とは、ロウや樹脂の小さな塊に動植物の組織を埋め込んだものを、数ミクロンという薄さにスライスして、顕微鏡用の標本を作るための機械である。なるほど、クモの巣に虫の死骸が引っかかっているさまは、ミクロトームで作られた標本に似ていると言えなくもない。

けれども虫は、そんなことにはおかまいなしだ。

あのありふれた百が単位の羽虫の輩が／みんな小さな弧光燈《アークライト》といふやうに／さかさになったり斜めになったり／自由自在に一生けんめい飛んでゐる／それもあゝまで本気に飛べば／公算論のいかものなどは

上／除草剤を使わないあぜ道には、自ずと草花が茂り、たくさんの小さな生命たちの舞台となる。花巻・高村山荘の道で

／もう誰にしろ持ち出せない／むしろ情に富むものは／一ぴきごとに伝記を書くといふかもしれん

「ありふれた百が単位の羽虫の輩」とは、虫たちが、大量に生まれ大量に死んでゆく存在であることを指している。しかし、虫はどれも「一生けんめい飛んでゐる」。あまりにも真剣に飛んでいるので、賢治はもはや、「公算論のいかもの」、すなわち彼らの生き残る確率が、きわめて低いということなど、言い出すことができなくなった。それどころか、「むしろ情に富むものは／一ぴきごとに伝記を書くといふかもしれん」と、途方もない仕事を思いついている。

人間の目から見れば、どれも同じように見える虫たちだが、それぞれ少しずつ大きさだって異なれば、死に方だって違うのだ。そしてどれかは、必ず生き残って子孫を残す。全員分の伝記を書くのは無理だとしても、生き残った数匹ぐらいは、その生涯を記録しておくのもいいだろうと私も思う。

生物多様性

あめなる花をほしと云ひ
この世の星を花といふ。

一九八〇年代になって、日本でもようやく自然保護運動が盛んになり、戦後、すさまじい勢いで伐採されていたブナ原生林の保護が、声高に叫ばれるようになった。それ自体はとても素晴らしいことで、私も、微力ながら運動の末端に連なっていた。

しかしそのいっぽうで、人里の雑木林があい変らず無神経に破壊されているのを目の当たりにし、ありふれた雑木林を守る必要はないのだろうか、という疑問が心にふつふつと湧いてくるのを、どうすることもできなかった。

いつしか私は、ブナ原生林の保護運動の末端を離れ、盛岡市の郊外にある巨大な住宅地のなかに、ぽつんと残された小さな緑地で、仲間とともに自然観察会を開くようになっていた。今から二十年あまり前の、一九九〇年ごろのことである。その緑地には、今でこそ中止になった

花巻・北上川河畔の「イギリス海岸」で

が、当時はゴルフ練習場の建設計画が持ち上がっていた。

自然観察会を続けてゆくうちに、私は、奥山のブナ林と人里の雑木林とでは、そこに暮らす生きものの種類が、まったく異なっていることを理解していた。たとえばカブトムシは、典型的な人里の雑木林の昆虫であり、奥山にはすんでいない。

奥山の自然だけを保護していたのでは、人里の生きものたちは、いつかは姿を消してしまうだろう。奥山の自然も人里の自然も、セットで残すことが大切だ――。おぼろげながらもそう感じ始めていたころ、世のなかの風向きが変わった。

一九九二年、ブラジルのリオデジャネイロで開かれた「環境と開発に関する国連会議」通称「地球サミット」で、「生物の多様性に関する条約」が採択され、翌一九九三年、日本はこれを締結した。

生物の多様性とはつまり、「いろいろな生きものが暮らしている」ということである。そしてそのためには、いろいろな環境が残されていなければならない。すなわち、地球上のあらゆる環境と、そこにすむあらゆる生きものが、すべてセットで守られていることが、とても大切なのだという。厳密に言えば、多様性は種のレベルのみならず、個体、遺伝子、あるいは生態圏など、あらゆるレベルにおいて保たれている必要がある。

この条約を受けて、一九九五年には日本政府も、「生物多様性国家戦略」を策定した。以来、人里の自然にも急速に関心が集まり始めた。

そこで、賢治なのである。童話「ひのきとひなげし」には、ひと群れの真っ赤なひなげしと、その傍らに立つ若いひのきが登場する。ひなげしたちは、

あ、つまらないつまらない、もう一生合唱手《コーラス》だわ。いちど女王《スター》にしてくれたら、あしたは死んでもいゝんだけど。

と言って、スターに憧れている。そして美しくなれるのなら、けし坊主のなかにできるアヘンを、悪魔に差し出してもかまわないと思っている。ところが、ひのきは悪魔を追い払い、ひ

右頁／『どんぐりと山猫』に登場する「笛ふきの滝」のモデルといわれる笛貫の滝は、早池峰山麓を流れる岳川にある。その周辺の雑木林

なげしたちをこう諭すのだった。

第一スターになりたいなんておまへたち、スターて何だか知りもしない癖に。スターといふのはな、本当は天井のお星さまのことなんだ。（中略）**さうさうオールスターキャストといふだらう。**（中略）**ちゃんと定まった場所でめいめいのきまった光りやうをなさるのがオールスターキャスト、な、ところがありがたいもんでスターになりたいなりたいと云ってゐるおまへたちがそのままそっくりスターでな、おまけにオールスターキャストだといふことになってある。それはかうだ。聴けよ。**

あめなる花をほしと云ひ／この世の星を花といふ。

ひのきの語る話は、そのまま生物多様性の解説として読んでも、まったく違和感がない。大切なのは、地球上のありとあらゆる生きものが、オールスターキャストのままで輝き続けることなのだ。自然界を貫く基本原則が多様性であることを、賢治は確かに感じとっていた。

賢治は「ひのきとひなげし」の原稿に、亡くなるその年――昭和八（一九三三）年まで、手を入れ続けていたという。それは生物多様性に関する国際条約が締結される、ちょうど六十年前のことである。

大津波

小さな木などは根こぎになり、藪や何かもめちゃめちゃやだ。

二〇一一年三月十一日、東北地方の太平洋沖で、マグニチュード九・〇という巨大地震が起こった。岩手はもちろん、宮城から福島にかけての沿岸各地には、想像を絶する高さの津波が押し寄せ、多くの町が壊滅的な状況となった。

「こんなことが、ほんとうに起こるなんて」という言葉が、何度も口をついて出た。自分の人生において、こんなにも激しい災害に出会うことになろうとは。そうして賢治の人生に、思いを馳せた。

疲れ果てた象が見た
月はこんな月だった
ろうか（花巻で）

以前に岩手県の沿岸が大津波に襲われたのは、昭和八（一九三三）年の三月三日と、明治二十九（一八九六）年の六月十五日のことである。昭和八年のときは死者一五二二人、行方不明者一五四二人。明治二十九年の三陸大津波にいたっては、死者、行方不明者数二万一九五九人という、やはり凄まじい災害であった。

明治二十九年は、賢治の生まれた年である。そして昭和八年、津波のあった四日後の消印のはがきで、賢治は詩人・大木実に宛て「被害は津波によるもの最多く海岸は実に悲惨です。」と書き、そして約半年後、その生涯を閉じている。賢治は奇しくも、津波とともに生まれ、津波とともにこの世を去ったのである。

明治二十九年は、津波のほかにも多くの災害が岩手を襲った。七月二十一日には、大雨と大洪水で盛岡市の九五〇戸が浸水し、八月三十一日には、岩手と秋田の県境で最大震度七と推定される陸羽大地震が起こっている。八月二十七日生まれの賢治は、生後四日で大地震を経験していたことになる。

童話「オツベルと象」は、大正十五（一九二六）年の一月一日発行の随筆雑誌『月曜』一月創刊号に、掲載された作品である。

主人公のオツベルは、何人もの百姓を使って稲こきをしている。そこへ白象がやって来る。オツベルは言葉たくみに話しかけ、白象を働かせることに成功する。

足には分銅をつけ、川の水を汲ませたり、薪を運ばせたり、ふいご代わりに鍛冶場の炭を吹かせたりして、少しばかりの藁を与えた。はじめのうちは、「ああ、稼《かせ》ぐのは愉快だねえ、さっぱりするねえ」などと言っていた白象も、とうとうふらふらになり、月に向かってつぶやいた。

もう、さやうなら、サンタマリア。

月は笑って「仲間へ手紙を書いたらいゝや。」と言い、白象のもとには赤い着物の童子が現れて手紙を書かせ、それを森にいる象たちに届けるのだった。象たちが怒ったことは、言うまでもない。オツベルは、たちまち象たちにとり囲まれ、潰されてしまう。

ごく素直に読むと、この童話は、あくどいまでに搾取する資本家に対する、労働者の反乱をテーマにしていると解釈できる。実際、この童話を書いたころの三十歳の賢治は、共産主義に大きな影響を受けていた。

ただし、白象を救うべく立ち上がった象たちの表現は、自然災害そのものである。

さあ、もうみんな、嵐《あらし》のやうに林の中をなきぬけて、グララアガア、グララアガア、野原の方へとんで行く。（中略）**小さな木などは根こぎになり、藪《やぶ》や何かもめちやめちやだ。**（中略）**オツベルの邸《やしき》の黄いろな屋根を見附けると、象はいちどに噴火した。／グララアガア、グララアガア。**

いよいよ象が、オツベルの屋敷をとり囲んだ。

間もなく地面はぐらぐらとゆられ、そこらはばしやばしやくらくなり、象はやしきをとりまいた。グララアガア、グララアガア、（中略）**五匹の象が一ぺんに、塀からどつと落ちて来た。**（中略）**早くも門があいてゐて、グララアガア、象がどしどしなだれ込む。**（中略）**丸太なんぞは、マッチのやうにへし折られ、あの白象は大へん瘠《や》せて小屋を出た。**

自然は、私たち人間に大きな恩恵を与えてくれる反面、ひとたび荒れ狂えば恐ろしい災害を引き起こしもする。自然をこよなく愛した賢治だが、その愛は、自然災害への恐れと、表裏一体をなすものであった。

松並木

やまはにょきにょき
この街道の巨きな松も

「オツベルと象」を書いたころ、賢治はある問題に心を痛めていた。

岩手県が、県内を南北に走る国道四号線の松並木を伐採すると発表したのである。理由は、盛岡市の県庁の隣接地に公会堂を建設するためで、建設費用の一部に松の売却金を当てるという。県民の間には賛否両論が起こり、松並木の浮世絵的な美しさを愛していた賢治は、伐採には反対との意見を持っていた。
「春と修羅　第二集」に収められた「一九二六、一、一四、」の日付をもつ「国道」には、賢治の心情が見てとれる。

風の向ふでぼりぼり音をたてるのは／並樹の松から薪をとってゐるこらしい／いまやめたのは向ふもこっちのけはひをきいてゐるのだらう（中略）そらは寒いし／やまはにょきにょき／この街道の巨きな松も／盛岡に建つ公会堂の経費のたしに／請負どもがぢき伐るからな

ここで松から薪をとっているのは、ズック袋を上着代わりに着た兄弟である。通りかかった賢治を役人だと思い、やり過ごそうとしている。弟は、まだ幼い。兄は、竿の先に鎌をつけたもので、松の梢から枯れ枝をとっている。どうせ伐られてしまう松だ。貧しい兄弟が枝先から薪をとるくらいは許されよう。

結局のところ岩手県公会堂は、大正十四（一九二五）年の九月十日に起工し、昭和二（一九二七）年六月十五日に落成した。

むろん、緑だけが健やかであればいいというものではない。賢治は人や文明をも愛していた。町は緑をのみ込みつつ広がってきたが、その町もまた、愛すべき故郷なのである。

この章のおしまいに、「春と修羅　第二集」に収められた「有明」という詩を紹介したい。日付は「一九二四、四、二〇、」である。

この日、『心象スケッチ　春と修羅』が出版された。賢治にとっては、記念すべき喜びの日だったはずである。しかし、賢治は何かしら懊悩して、北上山地を歩きまわっている。出発したのは前日で、夜どおし歩き続けていたようだ。

賢治は明け方の北上山地に立ち、うしろをふり返る。

そこにゆふべの盛岡が／アークライトの点綴や／また町なみの氷燈の列／ふく郁としてねむってゐる／滅びる最後の極楽鳥が／尾羽をひろげて息づくやうに／かうかうとしてねむってゐる

盛岡から北へのびる国道4号線沿いのカラマツ林。松並木を染める夕陽は美しかった（盛岡市玉山区渋民で）

この景色なら、今も見ることができる。私の想像が正しければ、賢治はおそらく、盛岡から岩泉街道をたどり、外山牧野へ向かっているのだ。

それこそここらの林や森や／野原の草をつぎつぎに食べ／代りに砂糖や木綿を出した／やさしい化性の鳥であるが

そうだ、町は緑を呑み込みながら発展している。しかし賢治は、

しかも変らぬ一つの愛を／わたしはそこに誓はうとする／やぶうぐひすがしきりになき／のこりの雪があえかにひかる

盛岡という町に、なお愛を誓うという。

その自然観が、多くの人の心をとらえてやまない理由が、ここにある。

賢治は自然を愛しながらも、自分もまた自然を破壊する人間のひとりである、という事実から目をそらしていない。自然と人間の両方の現状を見つめたうえで、人間である自分に今できることは何かと考える。

詩や童話を書き、農業を実践するなかで、賢治が多くの人に伝えようとしていたのは、単なる「自然のすばらしさ」ではなく、「人と自然の理想的な関係性」であり、それはどんなに時が流れて自然や人間の現状が変わっても、色あせてゆかないものである。

賢治が、多感な青春時代を過ごした盛岡の町を、どれほど愛していたかは、次の一節からもうかがわれる（童話「ポラーノの広場」より）。

あのイーハトーヴォのすきとほった風、夏でも底に冷たさをもつ青いそら、うつくしい森で飾られたモリーオ市、郊外のぎらぎらひかる草の波、／またそのなかでいっしょになったたくさんのひとたち、（中略）**みんななつかしい青いむかし風の幻燈のやうに思はれます。**

盛岡市内で。北上川の岸辺で送り火をしていた。橋の多い盛岡の街を歩くと、川に清められていくような気がしてくる

台温泉近くにある釜淵の滝。農学校の生徒たちとこのあたりまで歩いた賢治は、そのときの様子を『台川』に記した

これから又こゝへ一返帰って十一時には向ふの宿へつかなければいけないんだ。「何処《どご》さ行ぐのす。」さうだ、釜淵《かまぶち》まで行くといふのを知らないものもあるんだな。〔釜淵まで、一寸《ちよつと》三十分ばかり。〕

『台川』より

きみにならびて野にたてば

——賢治の恋

澤口たまみ

自然を愛し慈しみ、
自然におびえ、
自然から学ぼうとした宮澤賢治。
それと同じように女性を
想ったとしても
誰も彼を責めはしないだろう。
むしろ、彼の人生が、
心から愛した女性がいた
満ち足りたものであったと願いたい。

右頁／花巻・花城小学校の教諭だった
大畠ヤス。賢治より4歳年下だった
写真提供＝佐藤春彦

相思相愛

宮澤賢治の年譜に、これまで相思相愛の恋は記されていなかった。

ところが『春と修羅』には、はっきりと恋心が記されている。賢治はいったい、誰に恋をしていたのだろう。たくさんの賢治研究家が、この答えを見つけようとしてきた。が、多くを納得させる恋人は見つかっていない。そのため、無数の詩や童話のなかにちりばめられた恋心は、賢治にとって最大の理解者であった妹トシへの慈しみや、盛岡高等農林でともに青春時代を過ごした保阪嘉内への友情といった、恋と呼ぶには少なからず歪んだ形で解釈されてきたのである。

賢治は、ごく普通の男性として女性を愛していたはずだ。

それが、賢治の自然描写に魅せられ、野山を歩きながらその作品を読んできた私の、素直な感想だった。その思いは、ときが経つほどに膨らみ、賢治の人となりを紹介した入門書のなかに、その恋愛傾向をスキャンダラスに論じているものがあるのを知るに至り、ぜひとも賢治の真の恋人を探し出したいと願うようになった。

佐藤勝治（一九一三〜二〇一〇）の一連の著作に出会ったのは、今から五年ほど前のことだ。私が、賢治の恋愛について調べていると知った岩手県在住の作家、松田十刻氏が、「いつかは自分で書こうと思って持っていたものだが」と、資料を託してくれたのである。氏はかつて、生前の佐藤に師事し、調査の手伝いをしていたという。

佐藤は花巻市豊沢町に生まれ、生前の賢治の姿を目の当たりにして育った。教師をしたのち、盛岡市でカメラ店を営みながら、『啄木と賢治』という文学研究誌を主宰して、賢治研究を続けた。

託された佐藤の仕事のなかで、真っ先に目についたのは、文藝春秋の『くりま』昭和五十六年新春号の巻頭グラビアだった。「黒髪ながく瞳は茶色　賢治の恋人新発見！」という華々しい見出しとともに、ひとりの女性の顔写真が大きく掲載されていたのである。

その写真を見た瞬間、私は、佐藤の説が正しいことを直感していた。見出しにも謳われていない

賢治が愛用したメトロノームとレコード（宮沢賢治記念館蔵）

る「黒髪ながく瞳は茶色」という一節は、『春と修羅』の「春光呪咀」からとったものである。

いつたいそいつはなんのざまだ／どういふことかわかつてゐるか／髪がくろくてながく／しんとくちをつぐむ／ただそれつきりのことだ（中略）頰がうすあかく瞳の茶いろ／ただそれつきりのことだ

黒目がちで意志的なまなざし、ふっくらとした頰に、豊かに結い上げられた髪、きゅっと結ばれた唇。写真の女性は、まさしく「春光呪咀」に描かれたひと、そのものだった。

女性の名は、大畠ヤス（一九〇〇〜二七）といった。家は宮澤家のすぐ近くで、蕎麦屋を営んでいる。賢治より四歳年下で、花巻女学校を卒業したのち、代用教員として働くようになり、賢治が稗貫農学校（のちの花巻農学校）に就職した大正十（一九二一）年には、春から母校である花城小学校に赴任していた。

稗貫農学校と花城小学校、そして花巻女学校は、当時、いずれも花巻城址のなかにあった。賢治は、花巻女学校の音楽教師、藤原嘉藤治と意気投合して、土曜日の午後にレコードコンサートを開いており、ヤスは花城小学校の同僚たち七人ほどと、この集まりに参加していた。

賢治は決して美男子ではなかったし、大正十年のはじめごろには、過剰とも言える法華経への傾倒ぶりが、近隣で有名になっていた。当初はヤスも、遠巻きに見ていたことだろう。が、実際に話してみると賢治はユーモアがあり、音楽を視覚的に表現する語彙を持っていたことから、コンサートでの解説ぶりは好評だった。

賢治とヤスは、次第にその距離を縮めていった。そもそも大正時代の花巻において、男女がともに音楽を楽しみ、自由に会話を交わせるだけでも、この集まりは画期的なものであった。この場を通じて、ヤスの親友も恋に落ちており、ヤスは賢治との交際を、この女性にすべて打ち明けていたという。

再検証

佐藤勝治がヤスの存在を知ったのは、偶然だった。佐藤が賢治研究をしていると知った花巻市出身の婦人から、賢治と恋愛関係にあったが実らず、失意のまま歳の離れた男性と結婚して渡米し、若くして亡くなった女性がいたことを聞かされたのである。

この婦人の姉が、ともにレコードコンサートに参加し、互いの恋を打ち明け合っていたヤスの親友だった。婦人の家を探すと、『くりま』に紹介したヤスの顔写真のほか、花城小学校の同僚たちと撮った集合写真や、ヤスがアメリカから送ってきた洋装の写真も見つかった。

佐藤はその後、ヤスの近親者からも話を聞き、「宮澤家から大畠家に結婚の打診があった」などという貴重な証言を得ながらも、昭和五十九年に筆を折ってしまった。そのため佐藤の説は、広く信じられるには至らなかった。ある賢治研究家の言葉を借りるなら、「長いあいだ、佐藤の独り言であるかのように扱われてきた」。

佐藤が筆を折った理由は、他の賢治研究家との確執など、複雑な事情があったようだ。が、ヤスと賢治の恋について、多くを記さなかった何よりもの理由は、遺族の感情を配慮したものと推察された。賢治との恋に破れ、遠い異国で亡くなったヤスの思い出は、遺族にとって、語るには悲しすぎるものだった。

しかし、佐藤がヤスの存在を突き止めてから、すでに三十年あまりのときが流れている。

賢治が『春と修羅』を書き始めたのは、大正十一年の一月であり、ヤスと親しくなっていったのと、ときを同じくしている。そしてその出版は大正十三年の四月であり、ヤスが渡米する約一か月前のことだ。ヤスとの切ない恋が『春と修羅』を生み、賢治を詩人にしたと言っても、過言ではないのである。

ヤスの名が、悲恋の相手として伏せられるのではなく、賢治に大きな影響を与えた人物として、誇らしく語られてほしい。

私はそう考え、佐藤の説を再検証すると、平成二十二年に『宮澤賢治　愛のうた』を出版したのだった。再検証と言っても、年月が経ち過ぎていて、当時を知る人から証言を得ることは、ほとんど不可能と思われた。私は、賢治の書き残した言葉のなかに、ヤスとの恋の痕跡を探した。

その作業は、現在も続けているが、賢治の詩や童話のなかに、ヤスと思しき存在は記されていても、はっきりとその名が記されている箇所は、今のところ見つけられずにいる。賢治はおそらく、ヤスの将来を思いやり、その名を決して明かさぬことを、自らに課したのだろう。

それだけにむしろ、次のような一節が胸に迫る（『春と修羅』「マサニエロ」より）。

（なんだか風と悲しさのために胸がつまる）／ひとの名前をなんべんも／風のなかで繰り返してさしつかへないか

「マサニエロ」は、そのころ賢治が所有していたレコードの曲名であり、この詩が、レコードコンサートにまつわる思い出を記したものであることを暗示している。

手紙

『宮澤賢治　愛のうた』の出版が、岩手日報をはじめとする地方紙や、いくつかの全国紙の地方面で報じられると、ほどなく反応があった。

真っ先に記事にしてくれた毎日新聞の山中章子記者を通じて、「この本に書かれていることは真実です」と語る婦人が現れたのである（ご本人の希望でお名前は記さない）。

その方は花巻市の出身だが、高校は盛岡一高に進み、そこでヤスの姪に当たる足立幸子さんと親しくなった。二人は昭和二十九年に高校を卒業したあとも、互いに尊敬すべき友人として、親交を深めてきた。

佐藤勝治は昭和五十六年の十月に岩手県立図書館で、賢治の恋人についての講演をしている。その婦人は足立さんとのつきあいのなかで、それらしき話をちらりと聞いた記憶があったため、「賢治の恋人とは、もしや足立さんの伯母さまでは」と、会場に駆けつけていた。はたして佐

賢治の詩「原体剣舞連」などのモチーフとなった鬼剣舞(おにけんばい)は古くから伝わる民俗芸能。囃し手の女性[左]と踊り手の男性[右]。北上市で

藤の口からは大畠ヤスの名前が語られ、婦人は雷に撃たれたような思いで立ち尽くした。

賢治とヤスの恋を知るにつけ、ヤスの悲しみが、我がことのように心に迫ってならないのだと、婦人は言う。そして、佐藤が「ヤスとの思い出を綴った」とした文語詩〔きみにならびて野にたてば〕を、いつかヤスの墓前で朗読したいと願い、佐藤が筆を折ったあとも、独自に調査を続けてこられた。

〔きみにならびて野にたてば〕は、賢治が病床でしたため、亡くなるほぼ一か月前に清書を終えた「文語詩稿　五十篇」に収められている。

きみにならびて野にたてば、　風きらきらかに吹ききたり、／柏ばやしをとゞろかし、　枯葉を雪にまろばしぬ。／げにもひかりの群青や、　山のけむりのこなたにも、／鳥はその巣やつくろはん、　ちぎれの艸をついばみぬ。

その婦人は、ご自身の調べた内容を私にご教示くださるとともに、足立さんに連絡をとってくださり、足立さんからは、賢治とヤスの恋愛を認める内容の書簡が、私のもとに届けられた。足立さんの心中には、遺族としての葛藤があったに違いないのだが、証言に踏み切ってくださったことに、敬意を表するばかりである。

以下は、足立さんらから、新たにうかがった事実である。

ヤスには、賢治と同級の兄と、ヤオ、トシ、アツという三人の妹、さらに弟がいた。足立さんは、トシの娘さんである。トシはヤスより十四歳も年下で、賢治とヤスが密かに交際を始めたと思われる大正十一年には賢治は二十六歳、ヤスは二十二歳、トシは八歳であった。トシをはじめとするヤスの妹たちは、賢治とヤスの交際を知っていた。

トシは、ヤスに頼まれて賢治に手紙を届けたことがある。宮澤家の広い土間を抜け、裏庭をぐるりと縁側伝いに奥へ進むと、賢治の部屋があった。そのとき賢治は、当時はまだ珍しい洋服を着ていたので、幼いトシはとても驚いた。賢治からは、返事をもらって帰ってきた。

トシが手紙を届けたあと、ヤスは何日か家を空けた。

ちなみに、賢治は日記を書かなかったため、

豊沢川上流にある冬の大沢温泉（花巻）

その思想や行動を知るうえで書簡が重要なものとなっているが、大正十一年から十三年については、大正十一年の賀状一通が残されているのみである。この間、賢治がまったく手紙を書かなかったとは考えにくく、書簡が残されていない背景には、何らかの事情があったものと推測される。

そして妹を通じての手渡しといえども、ヤスのもとに、賢治からの返信が届けられていたことは、確かな事実なのである。

一夜の旅

ヤスの妹トシが、伝書鳩となった手紙には、いったい何が記されていたのだろう。少なくとも、そのあとヤスが家を空けたとき、彼女の傍らに賢治の姿があったであろうことは、想像に難くない。相思相愛の恋を経験していないと信じられてきた賢治だが、実際には、美しいひとと二人で旅に出たことがあったのである。

そのときの思い出を記したと考えられるのが、文語詩〔なべてはしけく　よそほひて〕の、先駆形の一節である。

「なべて」は「総じて、一般に」、「はしけく」は「愛けく」で、「かわいらしいこと」である。したがって〔なべてはしけく　よそほひて〕は、「かわいらしく装って」という意味になる。が、「はしける」には「はしけで荷物を運ぶ」から転じて「乗り物に乗る」という意味もあり、〔なべてはしけく　よそほひて〕とは、「偶然に乗り合わせたように装って」とも意訳することができる。

賢治とヤスは、花巻から別々に汽車に乗り、降り立ったどこかの町で待ち合わせをしていた。

フェルトの草履　美しくして／なべての指は
荒みたり／さもいたいけの　をみなごの／オペ
ラバッグを　振れるあり

ヤスは小学校で働いていたので、底にフェルトを張った草履も、流行のオペラバッグを持つこともできた。が、家に帰ると蕎麦屋の手伝いや、幼い弟妹の世話をしていたので、どの指もひどく荒れている。賢治の姿を見つけると、胸もとでバッグを振った。

佐藤の調査によると、ヤスが家を空けたのは、賢治との恋が、いよいよ終わりに向かっていたころのことである。憔悴したヤスは、「二、三日、山の温泉に行ってきたい」と家族に言い、すぐ下の妹が「姉さんの贅沢！」と羨むと、「考えごとをしたい」と悲しげに答えたという。

先の待ち合わせの一節は、そのような激しい悲しみを伴うものだったのだろうか。それにしては、あまりにも甘美な一節ではある。

あるいは、これは多分に私の希望が含まれているのだが、このときの待ち合わせは、賢治とヤスの恋が、まだ幸せに満ちていたころだった――という可能性も、完全には否定できない。

この詩の最終形によれば、帰りは朝である。

なべてはしけく　よそほひて／暁惑ふ　改札を／ならび出づると　ふりかへる／人なきホーム　陸の橋

二人は、閑散としたホームに降り立つと、そのままそれぞれの職場を目指したようだ。最終形は続く。

歳に一夜の　旅了へし／をとめうなゐの　ひとむれに／黒きけむりを　そら高く／職場は待てり　春の雨

「うなゐ」は「子ども」である。ヤスは子どもたちの群れに囲まれながら、小学校の門をくぐり、賢治はその後ろ姿を見送った。

高原

佐藤は二人の交際について、たまによその町で、ちょっと会う程度であり、ヤスが音楽会や絵画展と称して盛岡に出かけたうちの何回かは、賢治と会うためであったろうと推測している。

当時、二人でゆっくりと野山を散策したりするのは、とても難しいことだったのかも知れない。けれども私は、『春と修羅』に収められた詩の内容から、大正十一年の六月二十七日、賢治とヤスは、二人で北上山地のどこか――おそらくは種山が原あたりを訪れたのではないかと考えている。あれほど自然を愛した賢治が、愛した女性にもその美しさを伝えたいと願うのは、ごく自然な感情ではないだろうか。

その日の詩は、「岩手山」から始まる。

そらの散乱反射《さんらんはんしや》のなかに／古ぼけて黒くゑぐるもの／ひかりの微塵系列《みぢんけいれつ》の底に／きたなくしろく澱《よど》むもの

盛岡の北西にある岩手山と、花巻の南東にある種山が原とは、直線距離にして八十五キロほど離れている。ところが実際に歩いてみると、黒々としたシルエットではあるものの、種山が原からも、岩手山を望むことができる。

そして詩は、有名な「高原」と続く［115頁］。

種山が原にて、夏

いくつもの頂が連なった北上山地の向こうに、かすかに青く光るものを見つけて「海だべか？」と無邪気に尋ねたのは、はたして誰だったろう。それが海でないことは、足繁く北上山地を歩いていた賢治には、分かり過ぎるほど分かっていた。

また、「鹿《しし》踊り」は花巻に伝わる郷土芸能だが、鹿を模した被りものは、たてがみのような毛をわさわさと備えている。このころの賢治は他の教師をまねて髪を伸ばしていたが、それとて水に濡れると生徒に「河童」と笑われるほどの長さしかなかった。

風に吹かれて髪が鹿踊りのように逆立ち、「ホウ！」と小さな歓声を上げたのは、黒くて長い髪の持ち主——ヤスだったに違いない。

このような推測が当たっていれば、賢治とヤスは、順調に愛を育んでいたと言える。しかし賢治は、このまま結婚に突き進んでよいものか、迷い悩んでいた。「高原」の原題が「叫び」であり、この詩の持つ明るい雰囲気とは、およそ不似合いなものであったことも、賢治の懊悩の深さを感じさせる。

教え子の照井謹二郎さんは、賢治が大正十一年に、道を歩きながらぽつりともらした言葉を聞いている。

「家のことを考えると、私は結婚はしないよ」

照井さんはすぐに、「家のこととは、トシさんの病気のことだな」と思ったという。

また、賢治の家に招かれた折に同様の言葉を耳にした別の教え子は、「宮澤先生の家は、豪華だったが陰気な感じのするところだった」と回想し、「かつての花巻で、宮澤家は結核の多い家系と囁かれていた」と指摘したうえで、「宮澤先生はそのことを、気にしていたようだった」と述べた。

結核は当時、不治の病として恐れられていた。

雪の夜

大正十一年の十一月二十七日、結核に苦しんでいた賢治の妹トシが、ついにこの世を去った。賢治が、病を理由に結婚を躊躇《ためら》っていたとする教え子たちの証言が正しければ、トシの死は賢治にとって、二重の意味で衝撃的なものだった。

佐藤もまた、トシの死を境に、賢治の態度に迷いが見られるようになり、そのことがヤスを憔悴させた、と推論している。

思いつめたヤスがとった行動は、「詩ノート」のなかの〔古びた水いろの薄明穹のなかに〕に詳しい。この詩の日付は「一九二七、五、七、」、すなわち昭和二年のことで、ヤスが渡米してから、まる三年が過ぎている。

ヤスに関係のあるところだけを、抜粋して紹介しよう。

そしてまもなくこの学校がたち／わたくしはそのがらんとした巨きな寄宿舎の／舎監に任命されました

「この学校」とは、大正十二年の春に郊外に移転した稗貫農学校である。新校舎は、大正十一年の十一月には完成しており、移転作業は翌年二月から行われた。生徒たちの記憶によれば、雪の多い年で、三月半ばまで雪があったという。

詩は続く。

恋人が雪の夜何べんも／黒いマントをかついで男のふうをして／わたくしをたづねてまゐりました／そしてもう何もかもすぎてしまったのです

ヤスには賢治と同級の兄がおり、黒いマントは家にあった。切羽詰ったヤスのこの行動が、

種山が原から花巻方面を望む

海だべがど　おら　おもたれば
やつぱり光る山だたぢやい
ホウ
髪毛《かみけ》　風吹けば
鹿《しし》踊りだぢやい

『春と修羅』「グランド電柱／高原」

誰かの目に止まって噂になった可能性も否定はできない。自由な恋愛など、もの珍しかった大正時代の農村のことである。おまけに二人とも教師であり、スキャンダルは許されなかった。ヤスと賢治が、どれほど辛い立場に追い込まれたかは、察するにあまりある。

宮澤家から大畠家に結婚の打診があったのは、このころのことだろう。

トシの死のあと、賢治は翌春まで、まったく作品を残していない。この沈黙は、これまでトシの死の衝撃によるものと解釈されてきたが、ヤスとの結婚問題がこじれた結果であるとも考えられる。

大正十二年の春になって、賢治はにわかに岩手毎日新聞に作品を発表する。まずは四月八日に「『クラムボンはかぷかぷわらつたよ。』（中略）『クラムボンは死んだよ。』／『クラムボンは殺されたよ。』」などというフレーズが印象的な童話「やまなし」を。

そして五月十一日から、十一回にわたる分載という形で童話「シグナルとシグナレス」を発表している。この童話は、線路の傍らに立つ「信号」の恋物語という、いっぷう変わった設定である。けれどもその内容は、ヤスとの恋の顛末をほとんどそのまま記したもので、ドキュメントと言っても差し支えない。

『僕たちは春になつたら燕《つばめ》にたのんで、みんなにも知らせて結婚の式をあげませう。』（中略）**『あなたはきつと、私の未来の妻だ』**（中略）**『約《エン》婚指環《ゲーヂリング》をあげますよ、そらねあすこの四つならんだ青い星ね』**（中略）**『あの一番下の脚もとに小さな環《わ》が見えるでせう、環状星雲《フイツシユマウスネビユラ》ですよ。あの光の環ね、あれを受け取つて下さい、僕のまごころです』**

シグナルの発する愛の言葉は切なく、賢治の知られざる一面を表している。ここでは童話の内容を詳しく紹介することはしないが、ぜひご一読いただければと思う。

それにしても、自らの恋を童話化して堂々と新聞に載せるとは、賢治もなかなかやるものである。〔雨ニモマケズ〕などの印象から、もの静かな聖人君子というイメージが強い賢治だが、実際にはむしろ人間らしく、感情を爆発させる一面もあった。賢治はこのとき、二人の恋を面白おかしく噂にしていた人々を、よほどぎゃふんと言わせたかったに違いない。

宮沢賢治記念館敷地内に保存された
岩手軽便鉄道のシグナル

さらに「シグナルとシグナレス」によれば、賢治とヤスの結婚には、猛烈に反対していた人物がいたようである。

残されたメモなどから類推して、大正十二年の八月末には、賢治は何らかの決心を迫られたのではないかと思う。『春と修羅』のなかの「一九二三、八、三一」の日付を持つ「雲とはんのき」という詩には、

（ひのきのひらめく六月に／おまへが刻んだその線は／やがてどんな重荷になつて／おまへに男らしい償ひを強ひるかわからない）

との一文が見えている。「ひのきのひらめく六月」とは、種山が原の透明な風に吹かれてヤスの髪が鹿踊りのように乱れた、前年の六月二十七日のことではなかったかと、私は考えている。

ヤドリギ

ヤスの母は、仙台藩の武家の出で、非常に凜として、気丈な女性であったという。足立さんの証言によれば、この母が、賢治との結婚に激しく反対した。大正十二年ごろの賢治は、花巻農学校での教え子たちの評判も上々だったが、それ以前からの変人との評判を、払拭するのは容易なことではなかっただろう。

また、これも新たな情報だが、賢治との結婚問題でもめているうちに、ヤスが結核を発病してしまった。ヤスの妹トシは、母と二人でいるときに、ヤスが夜遅く帰宅して、戸口のところで倒れ、ひどく血を吐いたのを見たという。

「ヤスが倒れたことを、誰にも話してはいけない」

母はトシに堅く口止めをし、トシはそれを守った。

結核を患っていた人物は、大畠家の周辺にも

いなかったわけではなく、ヤスの結核が、賢治との交際によるものだとは判断できない。いずれにしろ、結核を発病したとなれば、蕎麦屋という家業に差し支える。ヤスはそう考えて、早々に他の男性に嫁ぐことを決めたに違いない。

大正十三年に結婚したヤスの夫は、及川修一という東和町（現在は花巻市）土沢地区出身の医師である。歳はかなり離れていたといい、そのことが、不似合いで不憫な結婚だったという印象を、ヤスの遺族に与えてきた。が、ヤスの病を知っている母にとっては、むしろ安心感のある相手だった。足立さんの母上であるトシもまた、幼いながらもヤスの恋の明暗を、最も近くで見つめてきたひとりだった。

『春と修羅』を読むと、賢治とヤスの恋は、大正十二年の十月には、すでに終焉を迎えていたようだ。

たとえば十月十五日の日付を持つ「過去情炎」のなかで、賢治は荒地を開墾している。唐鍬を使い、ニセアカシアを掘りとっているのである。ニセアカシアの花は美しく、蜜をたっぷりと流すが、枝には鋭い棘があり、農民にとっては厄介な樹木だ。

傍らには、枝いっぱいに露の雫をつけたヤマナシの木が立っている。賢治はひと仕事を終えたら、その枝に口づけをしようと企んでいる。

そんならもうアカシヤの木もほりとられたし／いまはまんぞくしてたうぐはをおき／わたくしは待つてゐたこひびとにあふやうに／鷹揚《おうやう》にわらつてその木のしたへゆくのだけれども／それはひとつの情炎《じやうえん》だ／もう水いろの過去になつてゐる

賢治にとってヤマナシの木は、待っていた恋人の象徴であり、水色はヤスとの恋を語るときに、しばしば使われる色彩である。しかしこのとき、すべては過去のものとなっていた。

そして『春と修羅』のラストを飾るのは、「冬と銀河ステーション」である。日付は大正十二年の十二月十日。賢治はこの日、軽便鉄道に乗って花巻から東に向かっている。

川はどんどん氷《ザエ》を流してゐるのに／みんなは生《なま》ゴムの長靴をはき／狐や犬の毛皮を着て／陶器の露店をひやかしたり／ぶらさがつた章魚《たこ》を品さだめしたりする／あのにぎやかな土沢の冬の市日《いちび》です／（はんの木とまばゆい雲のアルコホル／あすこにやどりぎの黄金のゴールが／さ

ユネスコの無形文化遺産に登録されている早池峰神楽。その発祥の地・早池峰山一帯は多くの賢治作品のモチーフとなっている（早池峰神社で）

めざめとしてひかつてもいい）

「土沢」とは、東和町の土沢地区のことで、ヤスの夫の出身地である。また「ゴール」とは、本来は草や木にできる「こぶ」を指す言葉だが、転じて、樹上につくヤドリギの、丸い茂みを指すのにも使われる。

賢治がこの詩に土沢の地名を入れたのは、決して単なる偶然ではなく、ヤスの結婚相手を意識したものだろう。賢治は本人、あるいは周囲の誰かから、ヤスが結婚することを知らされていたに違いない。宮澤家と大畠家は近い。ひょっとすると渡米の噂も、すでに賢治の耳に届いていたのではないか。

西洋には、「ヤドリギの下で愛を誓い合った恋人は幸せになる」との言い伝えがある。キリスト教にも関心の深かった賢治は、盛岡幼稚園の園長を務めていた女性宣教師エラ・メイ・ギフォーと親しく、ヤドリギについての会話を交わしたことがある。

すると、『春と修羅』のラストにわざわざ土沢の地名を出しておいて、「あすこにやどりぎの黄金のゴールが／さめざめとしてひかつてもいい」と書いたのは、賢治からヤスへの、せめてものはなむけの言葉だったとも読みとれる。

翌大正十三年の四月二十日に『春と修羅』が刊行され、ヤスは五月に、及川ヤスとなって海を越えた。

アイリス

ヤスとの恋が終わっても、その思い出が、賢治の心のなかで色あせることはなかった。

「春と修羅　第二集」に収められた「種山ヶ原」によれば、大正十四年の七月十九日、賢治は測量の一団とともに、懐かしい種山が原を訪れている。賢治は、土壌調査のために同行していた。

この日のことは、納得のゆく作品に仕上げておきたかったようだ。それゆえこの詩には、いくつものバージョンが存在する。「春と修羅　詩稿補遺」に入れられた「若き耕地課技手のIris に対するレシタティヴ」も、そのひとつである。

「Iris」は「アイリス」、すなわちアヤメ、カキツバタ、ノハナショウブなどの、アヤメ科アヤメ属の植物の学名であり「イリス」とも読む。

また「レシタティヴ」とは「朗吟調」で、オペラなどで使われる旋律的でない朗読調の発声を指すという。

測量班の人たちから／ふたゝびひとりぼくははなれて／このうつくしい Wind Gap ／緑の高地を帰りながら／あちこち濃艶な紫の群落／日に匂ふかきつばたの花彙を／何十となく訪ねて来た／尖ったトランシットだの／だんだらのポールをもって（中略）**一枚の地図をこしらへあげる／これは張りわたす青天の下に／まがふ方ない原罪である**

調査は、開拓のために行われている。「トランシット」や「だんだらのポール」は、測量用の機器である。賢治は、美しい山上の花園が間もなく開墾され、艶やかなアイリスの花が、無残な姿で黒土のなかに鋤き込まれてしまうことを、嘆いているのだった。しかも自分が、その一端を担っている。

しかしこの詩の先駆形には、さらなる心情が綴られている。

このうつくしい草はらは／高く粗剛なもろこしや／水いろをしたオートを載せ／向ふのはんの林のかげや／くちなしいろの羊歯の氈には／粗く質素な移住の小屋が建つだらう／とは云へそのときこれらの花は／無心にうたふ唇や／円かに赤い頬ともなれば／頭を明るい巾につゝみ／黒いすもゝの実をちぎる／やさしい腕にもかはるであらう

賢治はアイリスの花に、やがて開拓の村に移住してくる女性の姿を重ねている。それがヤスであったなら……。

むしろわたくしはそのまだ来ぬ人の名を／このきらゝかな南の風に／いくたびイリスと呼びながら（中略）**測量班の赤い旗が／原の向ふにあらはれるのを／ひとりたのしく待ってゐよう**

決して記すことのできないひとの名を、賢治は花の名前に託して呼んでいる。こんな山上の開拓地でヤスとふたり、慎ましく土を耕して暮らしてゆけたのなら、賢治はほかに、何もいらなかったのだろう。「シグナルとシグナレス」にも記されているのだが、賢治とヤスは二人の恋が追いつめられてゆくなかで、どこかで畑でも耕して暮してゆこうと考えたことがあったようだ。

けれどもそれは、実現できぬ夢だった。長男である賢治は、どうしても父母に背けなかった

賢治はチューリップの花が好きだったという。『チュウリップの幻術』という童話も残した（小岩井農場で）

し、おそらくヤスは結核発病の兆候を感じとっていて、畑を耕すことなど自分にはとてもできない——健康な女性こそ賢治にはふさわしいと、二人で生きる未来を諦めたに違いない。

大正十三年に渡米してわずか三年、ヤスは昭和二年四月十三日の未明に、息を引きとっている。葬儀は翌日、シカゴ市内の教会で行われ、そのようすは夫の手でアルバムにまとめられ、大畠家に報告された。アメリカで出産した息子もまた、昭和四年の四月二日に夭折したという。

賢治がにわかにヤスとの思い出を記し、「そしてもう何もかもすぎてしまったのです」と結んだ「詩ノート」のなかの〔古びた水いろの薄明穹のなかに〕の日付は、一九二七年すなわち昭和二年、ヤスの死から約一か月後の五月七日だった。

どうやら遠い異国でのヤスの死を、賢治にそっと知らせた人物がいたようである。

また、同じく「詩ノート」のなかには、次のような詩も残されている。日付はやはり昭和二年の、六月一日である。

わたくしどもは／ちゃうど一年いっしょに暮しました／その女はやさしく蒼白く／その眼はいつでも何かわたくしのわからない夢を見てゐるやうでした

ここに描かれた女性は、詩の内容から見て花の化身であり、この詩は賢治が、柳田國男の『遠野物語』などに触発されて書いたフィクションであると解釈される。しかし、ヤスの死を知った賢治は、その最期が安らかなものであったことを、心から願わずにはいられなかっただろう。

そしてその冬／妻は何の苦しみといふのでもなく／萎れるやうに崩れるやうに一日病んで没くなりました

まっ青に朝日が融けて
この山上の野原には
濃艶な紫いろの
アイリスの花がいちめん
靴はもう露でぐしゃぐしゃ
図板のけいも青く流れる
ところがどうもわたくしは
みちをちがへてゐるらしい
ここには谷がある筈なのに
こんなうつくしい広っぱが
ぎらぎら光って出てきてゐる
山鳥のプロペラアが
三べんもつゞけて立った
さっきの霧のかかった尾根は

霧の種山が原

たしかに地図のこの尾根だ
溶け残ったパラフヰンの霧が
底によどんでゐた、谷は、
たしかに地図のこの谷なのに
こゝでは尾根が消えてゐる
どこからか葡萄のかをりがながれてくる
あゝ栗の花
向ふの青い草地のはてに
月光いろに盛りあがる
幾百本の年経た栗の梢から
風にとかされきれいなかげろふになって
いくすぢもいくすぢも
こゝらを東へ通ってゐるのだ

『春と修羅　第二集』「三六八　種山ヶ原」

イーハトーブ・マップ

高松公園
現・盛岡第一高等学校
岩手大学 P.31
願教寺
上盛岡駅
報恩寺 P.31
山田線
岩手医科大学
徳玄寺 P.31
清養院 P.31
光原社
中津川
旧・盛岡中学校
岩手県庁
盛岡駅
盛岡城跡公園
盛岡市役所
盛岡城跡 P.27
東北本線
東北新幹線
岩手銀行本店旧舎 P.27
岩手町
八幡平市
焼走り熔岩流
好摩駅
岩手山
石川啄木記念館
網張温泉
鞍掛山
渋民駅
秋田県
春子谷地 P.68
東北自動車道
姥屋敷
小岩井農場 P.44
盛岡駅
田沢湖線
秋田新幹線
雫石駅
盛岡市
雫石町
北上川
矢巾町
岩手県
早池峰山
紫波町
宮古市
花巻温泉（遊園地・日時計花壇） P.63
花巻農学校 P.58
（現・花巻農業高校）
西和賀町
釜淵の滝 P.103
笛貫の滝 P.96
早池峰神社 P.119
鉛温泉
台温泉
大迫 P.42
猫山
花巻市
大沢温泉 P.27
いわて花巻空港
花巻JCT
新花巻駅
釜石線アーチ橋 P.4
「岩根橋」橋梁
旧・山口小学校 P.63
花巻駅
東和
遠野市
高村山荘・高村光太郎記念館
遠野駅
北上市
釜石線
北上JCT
北上駅
五輪峠 P.64
いわて花巻空港
人首 P.54
金ケ崎町
種山が原 P.114
釜石自動車道
花巻空港
木細工
奥州市
東北本線
新花巻駅
釜石線
似内駅
住田町
水沢江刺駅
宮沢賢治記念館
花巻駅
花巻市役所
イギリス海岸 P.22/48
宮澤家 P.24
釜石街道
東北新幹線
豊沢川
母方実家 P.24
下根子桜 P.59
東北本線
東北新幹線
東北砕石工場 P.62
平泉・中尊寺
一関市
平泉町
陸中松川駅
大船渡線
一ノ関駅
札幌
日本海
太平洋
仙台

宮澤賢治 年譜

明治二十九年（一八九六） 八月二十七日、父・政次郎、母・イチの長男として岩手県花巻に生まれる。

明治三十一年（一八九八） 妹・トシ誕生。

明治三十四年（一九〇一） 妹・シゲ誕生。

明治三十六年（一九〇三） 四月、町立花巻川口尋常高等小学校（のちに花城尋常高等小学校）入学。

明治三十七年（一九〇四） 弟・清六誕生。

明治三十九年（一九〇六） 八月、父らと大沢温泉での夏期仏教講習会に参加。

明治四十年（一九〇七） 妹・クニ誕生。

明治四十二年（一九〇九） 三月、花城尋常高等小学校卒業。四月、県立盛岡中学校（現・盛岡第一高等学校）入学、「自彊寮」に入る。

明治四十四年（一九一一） 短歌制作始める。

大正二年（一九一三） 三学期、新舎監排斥運動に加わったとして四・五年生全員退寮。盛岡市北山・清養院に下宿、のち徳玄寺に移る。

大正三年（一九一四） 盛岡中学卒業。四月、肥厚性鼻炎手術のため岩手病院入院。退院後、父から進学の許可を得て受験勉強に励む。

大正四年（一九一五） 四月、盛岡高等農林学校（現・岩手大学農学部）農学科第二部に首席入学。「自啓寮」に入る。

大正五年（一九一六） 保阪嘉内との交流開始。

大正六年（一九一七） 嘉内らと同人誌『アザリア』を創刊し、短歌や小作品を発表する。

大正七年（一九一八） 三月、嘉内退学処分。二月、得業論文を提出し、三月得業証書取得、四月から研究生。六月末に肋膜炎発症、一か月静養。自作の童話を弟妹に読み聞かせるようになる。十二月、トシ入院の報に母と上京。翌年三月まで看病のために滞京。

大正八年（一九一九） トシ退院し帰郷。

大正九年（一九二〇） 五月、盛岡高等農林学校研究生修了。助教授推薦を辞退する。

大正十年（一九二一） 一月、無断上京。本郷菊坂町に下宿し、国柱会本部の活動に加わる。八月、トシの病気悪化の知らせを受け帰郷。十二月、稗貫郡立稗貫農学校（のち花巻農学校）教諭に就任。

大正十一年（一九二二） トシ死去。

大正十二年（一九二三） 七月末から生徒の就職依頼のため樺太を訪れる。

大正十三年（一九二四） 四月、『心象スケッチ 春と修羅』を関根書店から自費出版。十二月、『イーハトヴ童話 注文の多い料理店』刊行。

大正十五・昭和元年（一九二六） 三月、花巻農学校を依願退職。四月から宮澤家別宅で独居生活を始める。八月頃同地で羅須地人協会設立。

昭和三年（一九二八） 六月、大島の伊藤兄妹を訪問。八月、発熱して病床に伏す。十二月、急性肺炎。

昭和六年（一九三一） 病状やや回復し、東北砕石工場嘱託技師に着任。九月、業務で上京中に発熱し、家族への遺書を認める。帰郷し病臥。十一月、手帳に「雨ニモマケズ」を記す。

昭和八年（一九三三） 八月、「文語詩稿」を清書。九月二十日病状悪化、翌二十一日容態急変、喀血し午後一時半死亡。二十三日に安浄寺で葬儀（昭和二十六年、身照寺に改葬）。

1頁　賢治の死後に発見された「雨ニモマケズ」が記されている昭和6（1931）年に使用された手帳。10頁にわたって書かれ、日付は「11・3」とある。宮沢賢治記念館蔵

2頁　冬の岩手山を盛岡市玉山区渋民から望む。14歳の時に中学校の教師に連れられて初登山して以来、賢治は何度もこの山に登り、メモを取って作品を残した

128頁　人気作『銀河鉄道の夜』冒頭、妹トシの臨終を描いた「永訣の朝」、最初に刊行された『春と修羅』などの原稿（複製）。死の直前まで、原稿推敲を続けたという

●本文中の引用部分の表記はすべて『宮沢賢治全集』（ちくま文庫）による。

主要参考文献

- 保坂庸夫・小澤俊郎『宮澤賢治　友への手紙』　筑摩書房　1968年
- 関登久也『賢治随聞』　角川選書　1970年
- 青江舜二郎『宮沢賢治　修羅に生きる』　講談社現代新書　1974年
- 佐藤勝治「黒髪ながく瞳は茶色　賢治の恋人新発見!」『くりま』昭和56年新春号（第3号）　文藝春秋
- 佐藤勝治『宮沢賢治・青春の秘唱　"冬のスケッチ"研究』　十字屋書店　1984年
- 『新潮日本文学アルバム　宮沢賢治』　新潮社　1984年
- 吉見正信『雫石と宮沢賢治』　岩手総合文化研究所　1986年
- 『宮沢賢治全集　1～10』　ちくま文庫　1986～1995年
- 小松健一『啄木・賢治　青春の北帰行』　PHP研究所　1987年
- 宮沢清六『兄のトランク』　ちくま文庫　1991年
- 佐藤成『証言　宮沢賢治先生　イーハトーブ農学校の1580日』　農山漁村文化協会　1992年
- 佐藤泰平『宮沢賢治の音楽』　筑摩書房　1995年
- 三好京三・早乙女勝元・栗原敦・小松健一『ジュニア文学館　宮沢賢治』全3巻　日本図書センター　1996年
- 小松健一『啄木　賢治　北の旅』　京都書院　1997年
- 菅原千恵子『宮沢賢治の青春』　角川文庫　1997年
- 三上満・小松健一『宮沢賢治　修羅への旅』　ルック　1997年
- 原子朗『新　宮澤賢治語彙辞典』　東京書籍　1999年（第一版）
- 『賢治と嘉内　ガイドブック』　特定非営利活動法人つなぐ　2008年
- 保阪嘉内・宮沢賢治アザリア記念会編集『アザリア』第6号　2010年
- 澤口たまみ『宮澤賢治　愛のうた』　もりおか文庫　2010年
- 『文藝　月光』　第2号　勉誠出版　2010年

地図製作　村大聡子（atelier PLAN）
ブックデザイン　長田年伸
シンボルマーク　久里洋二

雨ニモマケズ
風ニモマケズ
雪ニモ夏ノ暑サニモマケヌ
丈夫ナカラダヲモチ
慾ハナク
決シテ瞋《いか》ラズ
イツモシヅカニワラッテヰル
一日ニ玄米四合ト
味噌ト少シノ野菜ヲタベ
アラユルコトヲ
ジブンヲカンヂャウニ入レズニ
ヨクミキキシワカリ
ソシテワスレズ
野原ノ松ノ林ノ蔭ノ
小サナ萱《かや》ブキノ小屋ニヰテ

東ニ病気ノコドモアレバ
行ッテ看病シテヤリ
西ニツカレタ母アレバ
行ッテソノ稲ノ束ヲ負ヒ
南ニ死ニサウナ人アレバ
行ッテコハガラナクテモイヽトイヒ
北ニケンクヮヤソショウガアレバ
ツマラナイカラヤメロトイヒ
ヒデリノトキハナミダヲナガシ
サムサノナツハオロオロアルキ
ミンナニデクノボートヨバレ
ホメラレモセズ
クニモサレズ
サウイフモノニ
ワタシハナリタイ

上／2011年3月、東日本大震災で津波の被害に遭った三陸鉄道島越駅舎脇の賢治の詩碑。橋脚が崩壊し、駅舎も流出し、辺り一帯も瓦礫と化したがこの碑だけが残った。「発動機船」の詩の一部と賢治のシルエットが刻まれている
撮影＝新潮社

「とんぼの本」は、美術、歴史、文学、旅をテーマとするヴィジュアルの入門書・案内書のシリーズです。創刊は1983年。シリーズ名は「視野を広く持ちたい」という思いから名づけたものです。

とんぼの本

宮澤賢治《みやざわけんじ》　雨《あめ》ニモマケズという祈《いの》り

発行　2011年7月25日

著者　重松清《しげまつきよし》　澤口《さわぐち》たまみ　小松健一《こまつけんいち》
発行者　佐藤隆信
発行所　株式会社新潮社
住所　〒162-8711 東京都新宿区矢来町71
電話　編集部 03-3266-5611
読者係 03-3266-5111
ホームページ　http://www.shinchosha.co.jp/tonbo/
印刷所　半七写真印刷工業株式会社
製本所　加藤製本株式会社
カバー印刷所　錦明印刷株式会社

ISBN978-4-10-602221-0 C0391

mental sketch